© H. Peterova

Patricia Schröder, geboren 1960, lebt mit ihrer Familie in Schleswig-Holstein. Sie hat Produktdesign studiert und arbeitet heute als freie Autorin und Feng-Shui-Beraterin und leitet Meditationsseminare. Sie hat bereits mehrere Kinder- und Jugendromane veröffentlicht. Im Programm der Fischer Schatzinsel sind von ihr bisher außerdem die Jugendromane ›Scheiß Glatze, ich lieb dich‹ (Bd. 80417) und ›Gyde und die Flut‹ (Hardcover, Bd. 85116) erschienen. Weitere Titel sind in Vorbereitung.

Barbara Hömberg wurde 1955 in Lank-Latum am Niederrhein geboren und zeichnet seit ihrer Kindheit gern und viel – erst nur für sich (und die Schule), später für Werbung und Zeitschriften. Heute illustriert sie vor allem Spiele- und Kinderbücher. Sie lebt mit Mann und Tochter in Hamburg-Ottensen, wo es auch eine Menge Kaninchen gibt. Zwei davon saßen Modell für dieses Buch.

Der hundsgemeine Hasenklau Zu Beginn der Ferien ist für Hanna und Leonie noch alles in schönster Ordnung: Freiheit, ein Superwetter, und ihr Lieblings-Eiscafé ist auch nicht weit. Doch dann verschwinden im Dorf die ersten Kaninchen und gleichzeitig taucht Florian auf, ein äußerst merkwürdiger Typ ... Hat dieser Spinner etwa was mit der Sache zu tun? Die Polizei unternimmt nichts, obwohl immer mehr Tiere spurlos verschwinden. Als schließlich auch eins von Hannas Kaninchen gestohlen wird, beschließen die beiden Freundinnen, dem Dieb eine Falle zu stellen. Mitten in der Nacht legen sie sich auf die Lauer ... und geraten in ein atemberaubendes Abenteuer!

Unsere Adresse im Internet: www.fischer-tb.de

Patricia Schröder

Der hundsgemeine Hasenklau

Mit Bildern von Barbara Hömberg

Fischer Taschenbuch Verlag

Für Anna Charlotte,
Hinrich Rosenbrock alias »Der Blaumützer«,
Rolf und Angelika, Opa Lumpi
und die drei »Jungs«,
ohne deren unfreiwilliges Dazutun
diese Geschichte wohl niemals entstanden wäre.

Fischer Schatzinsel
Herausgegeben von Eva Kutter

Veröffentlicht im Fischer Taschenbuch Verlag,
einem Unternehmen der S. Fischer Verlags GmbH,
Frankfurt am Main, März 2003

Lizenzausgabe mit freundlicher Genehmigung
des Verlages arsEdition, München

Satz: Pinkuin Satz und Datentechnik, Berlin
Druck und Bindung: Clausen & Bosse, Leck
Printed in Germany
ISBN 3-596-80428-0

Nach den Regeln der neuen Rechtschreibung

Die seltsame Verwandlung eines »kleinen« Mädchens

Hanna saß im hintersten Winkel des Gartens und kaute auf einer Mohrrübe. Den Schirm ihrer blauen Baseballkappe hatte sie tief ins Gesicht gezogen, damit die Sonne bloß nicht auf die Idee kam, ihr noch mehr von diesen grässlichen Sommersprossen auf die Nase zu klecksen.

Die Kaninchen hatten den Rasen unter sich bereits raspelkurz genagt und Hanna schob mit einem Fuß den Laufkäfig ein Stück weiter nach links. Aus dem Schuppen neben dem Wohnhaus ertönte geräuschvolles Hämmern, Klopfen und Schleifen, denn ihr Großvater war gerade dabei, ein neues, etwa doppelt so großes Laufgitter zu bauen. Hanna besaß inzwischen nämlich achtzehn bunt gescheckte Mümmelmänner, die sich in dem alten Käfig kaum noch richtig bewegen konnten.

»Du solltest Männchen und Weibchen in Zukunft lieber voneinander getrennt unterbringen.«

Dieser oberschlaue Ratschlag stammte von ihrer Großmutter. Dabei war Hanna schließlich selber klar, dass das die einzige Möglichkeit war, das Grundstück ihrer Großeltern, auf dem sie alle zusammen in einem Haus lebten, vor einer Karnickelseuche zu bewahren. Doch peinlicherweise war sie nicht in der Lage,

Männchen und Weibchen überhaupt voneinander zu unterscheiden.

Hanna seufzte und griff nach der nächsten Mohrrübe. »Waren die nicht eigentlich für deine Hasen gedacht?«, brummte ihr Großvater hinter ihr und ließ das neue Gehege ächzend auf den Rasen nieder.

»Ist wohl schwer, was?«, stellte sie fest.

»Wie scharfsinnig du heute wieder bist.«

Der alte Herr Zwiebelgeschnittner zerknautschte sein ohnehin schon zerfurchtes Gesicht und schob die Pfeife vom rechten Mundwinkel in den linken und wieder zurück. Mit seiner Enkelin war seit ein paar Tagen wirklich nicht besonders gut Luftgewehr schießen. Im übertragenen Sinne natürlich. Aber im wörtlichen leider auch. Luftgewehr schießen war nämlich außer Servietten bügeln Herrn Zwiebelgeschnittners große Leidenschaft. Und meistens war auch Hanna mit von der Partie, obwohl sie es vom Gesetz her eigentlich noch gar nicht durfte.

Und jetzt? Anstatt mit ihrer Freundin Leonie durch den sonnigen Garten zu toben, in die Obstbäume zu klettern oder ihre Mümmelhüpfer mit Karotten voll zu stopfen, hockte sie den ganzen Tag über mit verkniffenem Gesicht im Schatten herum und futterte die Mohrrüben fast ausnahmslos selbst.

Herr Zwiebelgeschnittner schob sich seine verfilzte Kapitänsmütze in den Nacken, blinzelte in die Sonne und strich sich über die Stirn.

Am Mittwoch letzter Woche, da erinnerte er sich genau, war Hanna noch vollkommen normal gewe-

sen. Gleich morgens früh hatte sie ein Seil am Balkongitter ganz oben unter der Dachschräge befestigt und war damit so lange hin- und hergeschwungen, bis sich das Seil an einem herausragenden Ast des Apfelbaumes verfangen hatte. Hanna war wie ein Mehlsack hinunter auf den Rasen gestürzt und hatte sich den rechten Arm verstaucht. Danach musste sie sich ein wenig von ihm trösten lassen, war aber nicht davon abzuhalten gewesen, schon ein paar Minuten später wieder über den Gartenzaun zu springen. Dort war sie schließlich mit dem Fuß hängen geblieben und hatte sich nach einem Sturz auf den Bürgersteig auch noch beide Knie aufgeschlagen.

Doch das war nichts Ungewöhnliches und keiner aus der Familie regte sich noch großartig darüber auf.

Denn so war Hanna eben. Zumindest bis zu jenem Mittwoch.

Am Donnerstag darauf nämlich hatte sie sich von ihrem gerade ausgezahlten Taschengeld nicht wie sonst eine große Tüte Weingummi und Lakritzsmilies, sondern diese blaue Schirmmütze gekauft. Und danach hatte sie auch noch von ihrem Vater verlangt, er solle ihr endlich mal eine neue Jeans spendieren.

»Gut, dann gehst du eben morgen mit Mama ins Dorf«, hatte der lächelnd gesagt. »Du hast in den letzten Jahren so wenig Hosen gebraucht, da hast du jetzt mindestens zehn gut.«

»Zwei genügen vollkommen«, hatte Hanna daraufhin gefaucht. »Aber ich kaufe sie allein«, und war dann in diesem hintersten Winkel des Gartens verschwunden, wo sie von nun an ihre Tage verbrachte.

An eine neue Jeans war sie auf die Weise natürlich noch nicht gekommen.

Herr Zwiebelgeschnittner seufzte.

»Hier. Das hat mir dein Vater für dich gegeben.«

Er zog einen zerknitterten grünfarbenen Geldschein aus seiner Hosentasche und hielt ihn Hanna unter den blauen Kappenschirm.

»Was? Einhundert Euro!« Sie fiel fast hintenüber. »Wieso das denn?«

»Du brauchst doch angeblich zwei neue Hosen.«

»Was heißt hier *angeblich*?«

»Ich mein ja nur, weil du in deinem ganzen Leben noch nie freiwillig eine neue Hose angezogen hast.«

Hanna war empört.

»Opa, du hast wohl vergessen, dass ich schon zehn bin!«

Herr Zwiebelgeschnittner lächelte. »Oh, entschuldige bitte. Du hast natürlich Recht. Es muss an meinem weit fortgeschrittenen Alter liegen ...«

»Opa!«

»... sonst wäre mir gleich klar gewesen, dass es sich für ein zehnjähriges Mädchen ganz von selbst versteht, stets sauber und ordentlich gekleidet zu sein. Insbesondere ...«, er hob seinen Zeigefinger hoch in die Luft, »insbesondere, wenn es Hanna Charlotte Blomberg heißt.«

Hanna rappelte sich auf und begutachtete das neue Laufgitter. »Opa, du hast einfach keine Ahnung.«

»Ich finde eigentlich, dass es ganz gut geworden ist«, erwiderte Herr Zwiebelgeschnittner.

»Ach, ich meine doch nicht den Karnickelstall. Der scheint wirklich in Ordnung zu sein.«

»Sondern?«

»Das Leben.«

»Ach so, das!«, rief ihr Großvater. »Ja, dann!«

Hanna sagte nichts weiter, sondern streckte ihm die Zunge heraus. Das fand sie vertretbar, weil er sich wirklich dauernd über sie lustig machte.

Sie wusste schon, warum sie schwieg. Nicht einmal Leonie hatte sie davon erzählt, dass das Leben letzten Donnerstagvormittag gegen halb neun Uhr morgens mit seiner ganzen Härte auf sie heruntergeprasselt war. So ähnlich wie ein Hagelschauer, der einen mitten im Sommer im Badeanzug überrascht.

»Ist die wirklich neu?«

Hannas Mutter schlich dreimal um ihre Tochter herum und hatte offensichtlich große Mühe, ernst zu bleiben.

»Warum amüsiert ihr euch eigentlich alle andauernd auf meine Kosten?«, fragte Hanna genervt.

»Weil das Leben sonst kaum etwas Komisches zu bieten hat!«, rief Herr Blomberg aus dem Wohnzimmer herüber.

»Ich glaube, deine alte Jeans hatte mindestens ebenso viele Löcher«, sagte Frau Blomberg.

»Nicht ganz. Und an vollkommen anderen Stellen«, erwiderte Hanna.

Ihre Mutter nickte. »Genau. An natürlichen Stellen.«

»Wie meinst du denn das schon wieder?«

»An den Knien, zum Beispiel, wo sie am meisten beansprucht wird. Und am Po.«

Ja, genau. Mama hatte offensichtlich nicht den zartesten Schimmer, dass es ziemlich peinlich sein konnte, wenn sich ein Loch am Po befand.

Letzten Donnerstag nämlich, als ihr dieser bescheuerte Angeber Henrik Nissen über den Weg gelaufen war und sie genauso dämlich betrachtet hatte wie ihre Mutter eben. Zum Schluss waren seine Augen unverschämt lange an diesem blöden Loch hängen geblieben.

»Deine Jeans fällt bald auseinander«, hatte er grinsend bemerkt. »Außerdem kann ich dein Höschen sehen … hm, gelbe Schmetterlinge und rosa Herzchen …«

Hanna hatte ja schon eine Menge über Tarnkappen gelesen, aber wo man so ein Ding herbekommen konnte, das wusste sie dummerweise immer noch nicht.

»Aber eigentlich«, hatte Henrik fortgefahren, »eigentlich kann ich mir kaum vorstellen, wie man mit so einem flachen Hintern am Gartenzaun hängen bleiben kann.«

War sie doch gar nicht.

»Ich bin mit dem Fuß hängen geblieben«, hatte sie leise geantwortet, doch das war genauso geistreich gewesen, als hätte sie überhaupt nichts gesagt.

Henrik hatte sich vor Schadenfreude laut lachend auf die Schenkel geschlagen. Und dabei wäre ihm fast sein blöder Kassettenrekorder, den er immer so lässig auf der Schulter balancierte, heruntergefallen. Aber eben nur fast. Sonst hätte sie nämlich auch einmal was zu lachen gehabt.

»Dann solltest du so was in Zukunft lieber uns Jungs überlassen, Sommersprosse.«

Sommersprosse. Pah! Sie hatte mit den Tränen gekämpft und auf den ausgefransten Schlitz in Henriks Hose gestarrt, der sich dort mitten auf seinem Oberschenkel breit machte. Und sie hatte überlegt, ob sie darüber nicht auch eine abfällige Bemerkung machen könnte. Nur so, um ihm zu zeigen, dass sie sich nicht alles gefallen ließ. Doch dann war ihr eingefallen, dass Markus und Tom und einige der anderen Jungen genau die gleichen Schlitze in ihren Jeans hatten. Und deshalb hatte sie besser ihren Mund gehalten und sich eine Viertelstunde später diese blaue Baseballmütze gekauft.

»Soll ich dir was sagen?«, fragte Leonie und biss in eine Mohrrübe.

Hanna schüttelte den Kopf. »Lieber nicht.«

Doch Leonie ließ sich nicht beirren. »Du bist in ihn verknallt.«

»So einen verdammten Blödsinn habe ich ja schon lange nicht mehr gehört«, schnaufte Hanna und wurde unter ihrer blauen Schirmkappe so rot wie eine reife Himbeere. Wie gut, dass Leonie das nicht sehen konnte! Wie gut überhaupt, dass sie sich diese praktische Kopfbedeckung gekauft hatte. Eine erstklassige Investition war das gewesen, auch wenn sie dafür

diesmal auf ihre geliebten Lakritzsmilies verzichten musste.

»Und warum hast du dann jetzt genau den gleichen Schlitz in deiner Jeans?«

»Weil es keinen Unterschied geben darf«, sagte Hanna.

»Was denn für einen Unterschied?«

»Zwischen Jungen und Mädchen. Jeder darf über Zäune springen ...«

»... und sich rosa Schleifchen ins Haar binden«, ergänzte Leonie.

»Haha!«

Leonie wiegte ihren Kopf hin und her und griff nach der nächsten Karotte. »Ich bleibe trotzdem dabei. Du bist in diesen Henrik verknallt.«

Was soll man bloß machen, wenn einen die beste Freundin nicht mehr versteht? Hanna seufzte, packte den nächstbesten Mümmelmann an den Ohren, drückte ihn gegen ihre Brust und vergrub ihre Nase in seinem kuscheligen Fell.

»Armes willenloses Opfer«, stöhnte Leonie und angelte sich ebenfalls einen der samtigen Langlöffler aus dem Käfig. »Wie willst du dieses Jahr überhaupt braun werden?«, fragte sie mit einem Blick auf die blaue Kappe.

Ph, braun!, dachte Hanna und erwiderte: »Schon mal was von australischen Verhältnissen, blinden Kaninchen und Hautkrebs gehört?«

Leonie lachte nur mit ihrer hellen Stimme. »Wieso, deine können doch alle ganz gut gucken, oder?«

Sie setzte das braun gefleckte Karnickel, das ihr eben noch am T-Shirt herumgeknabbert hatte, zurück in das neue Laufgitter. Dann riss sie Hanna mit einem Ruck die Schirmmütze vom Kopf und rannte damit kreuz und quer durch den Garten.

Hanna blieb ganz ruhig sitzen. Zwar war sie viel schneller als Leonie und würde ihre Freundin mit Sicherheit in kürzester Zeit einholen. Doch wozu sollte sie unnötig in der Sonne herumrennen?

Sie legte sich lieber der Länge nach ins Gras, verschränkte die Arme unter ihrem Kopf und schaute zwischen den zartgrünen Weidenblättern hindurch in den blauen Himmel.

Ob es eine Möglichkeit gab, sich an Henrik zu rächen? Sie könnte ihm zum Beispiel seinen blöden Kassettenrekorder klauen. Oder sie müsste sich einen kaufen, der besser, vor allem lauter war als seiner. Ob etwas über fünfzig Euro dafür wohl reichen würden?

»Spielverderberin«, sagte Leonie und ließ ein paar Blätter auf Hannas Gesicht herunterrieseln.

Hanna pustete sie weg und richtete sich auf. »Und wo ist meine Mütze?«

»Im Haselbusch«, sagte Leonie grinsend.

»Alte Gewitterhexe!«

»Selber Gewitterhexe!«

Sie kämpften ein bisschen und wälzten sich im Gras herum. Als Hanna mal wieder oben lag, drückte sie Leonies Arme mit aller Kraft in den Rasen und fragte: »Meinst du, man kriegt für fünfzig Euro einen brauchbaren Kassettenrekorder?«

Hannas Vater runzelte die Stirn. »Wo hast du denn den her?«

»Na, gekauft.«

»Das beruhigt mich ungemein«, sagte Herr Blomberg zu seiner Tochter. »Aber wovon?«

»Du hast mir das Geld doch selber gegeben«, erwiderte Hanna und sah ihn besorgt an. Er war ja schon vergesslicher als ihr Großvater!

»Moment mal. Du willst mir doch nicht etwa einreden, ich hätte diesen Alzheimer, oder?«

»Papa …«

»Ich habe dir Geld für neue Hosen gegeben. Das ist das Einzige, woran ich mich erinnern kann.«

Hanna stemmte ihre Fäuste in die Seite und blickte ihrem Vater herausfordernd ins Gesicht.

»Ja genau. Und die habe ich so kostengünstig erworben, dass ich mir diesen Kassettenrekorder gleich mit dazu verdient habe.«

»So, meinst du?«

Hanna hatte mit dieser Reaktion ihres Vaters überhaupt nicht gerechnet. Er hatte einhundert Euro spendiert. Für Hosen. Und wenn sie noch mehr dafür bekommen hatte, dann hatte er doch eigentlich allen Grund dazu, stolz auf sie zu sein. Schließlich protzte er doch selber ständig damit, wenn er einmal ein besonders gutes Geschäft mit seinen doofen Autoalarmanlagen gemacht hatte.

»Kann ich ihn trotzdem behalten?«

»Eine kühne Frage, mein Spatz.« Herr Blomberg ließ sich in die Couchgarnitur plumpsen, machte ein ernstes Gesicht und sonnte sich offensichtlich in der unglücklichen Lage seiner Tochter.

»Du bist richtig gemein«, sagte Hanna.

»Im Gegenteil, ich bin der Osterhase.«

Musste sie jetzt etwa doch an der einwandfreien Funktionsfähigkeit seiner Gehirnzellen zweifeln?! »Ich glaube eher, du hast einen Sonnenstich oder so was wie eine Freizeitallergie.«

Herr Blomberg grinste, packte Hanna am Arm und zog sie auf seinen Schoß. »Nein, jetzt mal im Ernst. Ich hätte es eigentlich ganz in Ordnung gefunden, wenn du mich vorher gefragt hättest.«

Hanna starrte auf ihre Knie und nickte. »Okay, Papa, das ...«

»Das nächste Mal ... ich weiß schon.« Er machte eine kleine Pause. »Aber ich schenk dir das Ding zu Ostern, okay?«

Na, toll! »Ich brauche aber noch Kassetten.«

»Wo ist bloß deine berühmte Bescheidenheit geblieben?«, seufzte Herr Blomberg und schüttelte sein schütteres Haupthaar. »Leere? Oder welche von den *Prinzen*?«

»Pah! Von den *Prinzen*! Hör auf zu träumen, Papa.«

»Na ja, eine Kassette werde ich wohl so gerade eben noch stiften können«, brummte Hannas Großvater, der im selben Augenblick ins Wohnzimmer kam.

»Ausgerechnet du, Opa! Du hast doch gar keine Ahnung von Musik.«

»Ja, aber zum Hasenstallbauen bin ich gut genug, was?«

Hanna zuckte mit den Schultern und machte ein möglichst harmloses Gesicht. Herr Zwiebelgeschnittner lächelte und klopfte seiner Enkeltochter freundschaftlich auf die Schulter. »Welche Platte darf's denn sein, wenn's nicht mehr *Die Prinzen* sind? *Oli P.* vielleicht? Oder lieber *DJ Bobo*?«

Nee, natürlich das, was dieser blöde Henrik immer dudelte. Aber das kannte sie dummerweise nicht.

»Gib mir doch einfach das Geld, Opa«, schlug Hanna vor.

Herr Zwiebelgeschnittner tippte sich mit dem Zeigefinger an die Stirn. »Bin ich denn verrückt geworden? Ich drück dir doch nicht zwanzig Euro in die Hand und du kommst mit zwei Kassetten und einem Satz neuer Unterhosen nach Hause, was?«

Hanna war ziemlich sauer über diesen blöden Scherz mit den neuen Unterhosen. Besonders, weil sie tatsächlich dringend welche gebrauchen konnte. Einfache weiße oder bunte ohne gelbe Schmetterlinge und rosa Herzchen.

Sie hockte sich auf eine Ecke ihres neuen Karnickellaufgitters und biss lustlos in eine Mohrrübe. Ein schwarzweißes Mümmelohr hoppelte heran, machte unter ihr Männchen und schnupperte an ihrer Hose. Hanna hielt ihm den Rest der Karotte unter die Nase und der kleine Hase mümmelte sie so gleichmäßig in sich hinein, dass ihr die Idee kam, jemand säße in seinem Bauch und zöge sie an einem langen Faden ganz langsam in ihn hinein.

Sie lächelte und steckte sich eine neue Mohrrübe in den Mund.

»Hanna Karotte! Hanna Karotte!«

Es war Henrik Nissens hundsgemeines Gesicht, das da urplötzlich hinter dem Gartenzaun auftauchte.

»Ich heiße Charlotte«, sagte Hanna wütend.

»Hahaha!«, lachte Henrik. »Hanna Charlotte mampft 'ne Karotte!«

Am liebsten wäre sie jetzt aufgesprungen und hätte ihm ins Gesicht gespuckt. Aber das Risiko, daneben zu treffen, war ihr einfach zu groß.

Also machte sie gar nichts, sagte auch nichts, starrte ihn nur an. Und er glotzte ebenso wortlos zu ihr herüber.

Na, jetzt fällt dir auch nichts mehr ein, was?, dachte sie und schwieg.

Henrik räusperte sich, zeigte auf das Laufgitter und fragte: »Gehören die alle dir?«

Hanna verschränkte die Arme über ihrer Brust und guckte ihn scharf an. »Stell dir vor.«

Er nickte. »Wie viele sind's denn?«

»Mehr als du glaubst«, sagte sie nicht ohne Stolz.

»Du züchtest sie wohl?«

»Ich wüsste nicht, was dich das angeht.«

Sie konnte ja schlecht zugeben, dass man nicht unbedingt von Züchten sprechen konnte, wenn sich ihre Löffelhopser nur deshalb vermehrten wie die Karnickel, weil sie zu blöd war, Männchen und Weibchen auseinander zu halten.

Henrik zog seine Mundwinkel nach unten und sagte: »Na, wer nicht will, der hat wohl schon.«

Hanna fand diesen Spruch genauso unpassend wie den Witz ihres Opas mit den Unterhosen, doch bevor sie noch irgendetwas Schlaues von sich geben konnte, hatte Henrik schon seinen Rekorder geschultert und war mit ohrenbetäubendem »dmpf-dmpf-dmpf-dmpf« davongeschlendert.

Die Überraschung aus dem Gänseei

Henrik hockte in seinem Zimmer und starrte auf seinen Ghettoblaster. Er hatte ihn vor vierzehn Tagen zusammen mit der Erlaubnis, nach unten in den leer stehenden Kellerraum ziehen zu dürfen, von seiner Mutter zum Geburtstag bekommen. Er hatte ihr versprochen, Ordnung zu halten und das Zimmer selber sauber zu machen. Sie wollte ihn dafür völlig in Ruhe lassen. Außerdem hatte er einen eigenen Eingang und so konnte er seinen kleinen Geschäften endlich in Ruhe nachgehen.

Der Kassettenrekorder war gut, keine Frage. Aber er kam natürlich bei weitem nicht an das Superteil mit integriertem CD-Player heran, das unten im Dorf bei Elektronik-Schmiedinger stand. Diesen hier, seinen alten neuen, würde er gegen das Superteil eintauschen können, darüber hatte er schon mit Herrn Schmiedinger gesprochen. Aber dazu fehlten ihm dann immer noch über einhundert Euro für die Differenz.

Henrik seufzte, holte den Plan aus seiner Schreibtischschublade und faltete ihn auseinander. Er war immer noch nicht vollständig. Dabei hatte es dieser Alfred mehr als eilig damit. Logisch. Henrik hatte ja auch gar nichts dagegen, ein bisschen Gas zu geben. Je eher das Ding gelaufen war, desto eher konnte er sich das Superteil holen.

Er lehnte sich zurück und schloss die Augen. Sofort tauchte Hannas sommersprossiges Gesicht vor ihm auf. Diese dämliche Pute! Die hätte ihm ruhig sagen können, wie viele Karnickel in ihrem blöden Laufgehege herumhopsten. Stattdessen hatte sie ihn einfach abblitzen lassen. Und er hatte es dann leider nicht mehr geschafft, wenigstens ein bisschen Freundlichkeit aufzubringen, um so vielleicht doch noch an sein Ziel zu kommen.

Mädchen waren eben nicht sein Fall. Entweder machten sie ihn rasend vor Wut oder er fühlte sich irgendwie dazu gezwungen, sich über sie lustig zu machen. Henrik stützte das Gesicht in seine Hände und überlegte. Wenn er bei Tageslicht nicht an die erwünschten Informationen kam, dann musste er demnächst wohl ein paar Nachtrunden einlegen.

Unterdessen saß Hanna bereits über eine Stunde mit Leonie in der Musikabteilung von Elektronik-Schmiedinger und ließ sich die neuesten Technoscheiben vorspielen. Das meiste hörte sich ziemlich ähnlich an, aber Hanna war sich kanonensicher, dass sie Henriks Musik sofort erkennen würde.

»Was willst du denn mit dieser doofen Scheibe?«, fragte Leonie. »Du findest die doch nicht etwa gut?«

»Quatsch«, sagte Hanna. »Ich will nur diesen Blödmann ärgern.«

Leonie zeigte sich wenig überzeugt.

»Mein Rekorder ist lauter«, erklärte Hanna. »Hab ich schon ausprobiert.«

»Aber das klappt doch nur, wenn du mit einer anderen Musik lauter bist als er.« Leonie blickte verträumt zur Decke. »Es muss ja nicht unbedingt Nino de Angelo sein.«

Hanna schüttelte den Kopf. »Nein, wirklich nicht. Ich weiß sowieso nicht, was du an dem findest.«

Nino de Angelo war Leonies Lieblingssänger. Ihr ganzes Zimmer war von der Decke bis zu den Fußleisten nur mit Postern von ihm voll gehängt.

»Oder was total Dämliches. Heino zum Beispiel«, schlug Leonie vor.

»Hm«, überlegte Hanna und sagte dann: »Okay. Ich kann ja beides kaufen und dann probieren wir einfach aus, was besser klappt.« Wie sollte sie Leonie auch erklären, dass sie Henriks Scheibe auf jeden Fall haben musste. So oder so.

»Hast du überhaupt Geld?«, fragte der Verkäufer, als Hanna ihn mindestens schon zum fünfundzwanzigsten Mal kopfschüttelnd zu sich herüberwinkte. »Oder willst du einfach nur Musik hören?«

»Klar.«

Sie kramte Opas Scheine aus ihrer Hosentasche und hielt sie hoch. »Hier. Und die Neueste von Heino nehme ich auf jeden Fall.«

Der Verkäufer runzelte die Stirn. »Die Techno-Version habe ich im Moment aber leider nur auf CD.«

»Nur keine Panik«, trällerte Leonie. »Wir wollen die normale.«

Nach einer weiteren halben Stunde hatte Hanna dann endlich gefunden, was sie suchte. Sie bezahlte, zog ihren blauen Kappenschirm tief ins Gesicht und ihre Freundin am Ärmel aus dem Laden.

»Wir essen noch ein Eis bei *Pino*, ja? Ich hab nämlich was übrig.« Hanna wedelte mit einem Fünfeuroschein vor Leonies Nase herum.

»Ich wette, du kriegst jede Menge Ärger«, sagte Leonie und versuchte ihre Freundin dazu zu bringen, ihrem Opa das restliche Geld ordnungsgemäß wieder abzuliefern. Doch Hanna stöhnte nur. So ein ausgemachter Schisshase wie Leonie hatte ihr in ihrer Kaninchensammlung gerade noch gefehlt.

Aber als sie schließlich bei *Pino* vor zwei riesigen Portionen Pistazieneis mit Schlagsahne saßen, waren auch Leonies Bedenken wie weggeschmolzen.

Hanna dudelte Henriks Scheibe ununterbrochen. Ihre Großmutter blickte noch düsterer drein als sonst, ihr Vater hielt sich die Ohren zu, sobald sie mit ihrem

Rekorder in seine Nähe kam, und ihre Mutter sah immer wieder mit hochgezogenen Augenbrauen von ihrem frisch angefangenen Sciencefiction-Roman auf.

Nur Herr Zwiebelgeschnittner lehnte sich lächelnd in seinen Ohrensessel zurück. »Was macht ihr denn für lange Gesichter? Morgen ist Ostern.«

Ja klar, Eieressen bis zum Abwinken, dachte Hanna angeekelt. Was die Erwachsenen daran nur so toll fanden? Sie jedenfalls, das schwor sie sich, würde morgen allerhöchstens ein einziges Ei herunterwürgen.

Bevor es allerdings so weit war, geriet Herr Blomberg noch einmal ziemlich in Aufregung. Es passierte abends, als die Nachrichten gerade vorbei waren und Hanna schon fast im Bett lag. Ihr Vater war gerade erst zu seinem allabendlichen Spaziergang aufgebrochen, da stürzte er schon wieder zur Tür herein.

»Stellt euch vor, bei den Bartmichels sind vier Kaninchen weggekommen!«

Hanna verdrehte ihre hellgrünen Augen bis zur Zimmerdecke. Sie fand es mehr als albern, dass ihr Vater noch immer seine Ostershow aufführte. Immerhin wusste sie seit mindestens vier Jahren, dass der Osterhase eine Legende war. Und alle anderen wussten, dass sie es wusste. Ihrem Vater war es allerdings zuzutrauen, dass er diese Tatsache verpennt hatte.

Hanna gähnte und beschloss, nur ihm zuliebe und nur noch dieses einzige Mal bei diesem kindischen Theaterstückchen mitzumachen.

»Sie werden dem Osterhasen helfen.«

Den Spielregeln nach müsste Herr Blomberg jetzt

erst einmal ziemlich verwundert tun, sich dann aber mit der Hand gegen die Stirn schlagen und rufen: »Ja, natürlich! Wie konnte ich das nur vergessen!«

Hanna würde ihm einen alles verzeihenden Kuss auf die Backe drücken und ihm eine wunderbare Nacht mit einem Traum von hunderttausend bunten Eiern wünschen.

Doch diesmal geschah nichts dergleichen.

»Möglicherweise haben wir ja wieder einen Fuchs«, sagte Herr Zwiebelgeschnittner.

Aha, dachte Hanna. Eine Änderung im Textbuch. Das Stück sollte nun wohl, da sie älter geworden war, etwas anspruchsvoller sein. Das Dumme war nur, dass sie ihre Rolle jetzt überhaupt nicht mehr kannte.

»Es handelt sich aber um diese … na, wie heißen sie noch …?« Herr Blomberg kratzte sich zwischen seinen vier Haaren am Hinterkopf. »… diese mit den langen Haaren?«

»Angorakaninchen!«, rief Hannas Mutter.

»Ganz genau. Angorakaninchen.«

»Ich nehme an, dem Fuchs schmecken sie ebenso gut wie die einfachen, kurzhaarigen«, überlegte Herr Zwiebelgeschnittner.

Und hier endlich sah Hanna ihre Chance gekommen.

»Aber nein«, sagte sie. »Er befürchtet bestimmt, dass nach so einem Festmahl total viele Haare zwischen seinen Zähnen hängen bleiben. Oder sind etwa auch Zahnstocher weggekommen?«

Die vier Erwachsenen sahen Hanna erstaunt an.

Na, das war doch wirklich einmal eine ganz vortreffliche Ostervorstellung, dachte sie amüsiert.

Ihr Vater aber machte ein bierernstes Gesicht. Er fasste seine Tochter am Arm und beugte sich zu ihr hinunter.

»Entschuldige, Spatz«, sagte er. »Aber diesmal ist es wirklich ernst. Die Kaninchen der Bartmichels sind tatsächlich verschwunden.«

Die Sonne knallte durch Hannas Fenster und strahlte erbarmungslos auf ihr Gesicht. Hanna stöhnte, angelte sich ihre blaue Baseballkappe vom Nachttisch, zog sich die Decke bis übers Kinn und drehte sich auf die andere Seite. Aber die Sonne schien unbeirrt auf ihre Bettdecke und außerdem kroch der wunderbare Duft von frischen selbst gebackenen Brötchen in Hannas Nase, sodass sie schon bald so munter war wie ein frisch geschlüpftes Küken.

Ostern, schoss es ihr durch den Kopf. Na klar, heute ist ja Ostern.

Musste sie da etwa was Besonderes anziehen?

Hanna tapste hinüber zu ihrem Kleiderschrank und öffnete die Türen. Bis auf ein paar T-Shirts, Pullis, die saubere der beiden neuen Jeans und die Unterwäsche herrschte das öde Nichts darin. Ganz hinten hing natürlich noch dieses oberpeinliche Blumenkleid mit dem Spitzenkragen für festliche Anlässe. Aber das würde ihr doch wohl hoffentlich nicht mehr passen.

Mit spitzen Fingern, so als könnte sie sich daran

eine tödliche Vergiftung zuziehen, nahm Hanna es vom Kleiderbügel. Sie streifte es über, drehte sich zum Spiegel und zog sofort eine ihrer schrecklichsten Grimassen. Das Kleid passte nämlich leider immer noch ganz hervorragend. Aber das konnte von ihren Leuten da unten ja zum Glück keiner wissen.

Also zog Hanna es rasch wieder aus und warf es in die hinterste Ecke des Kleiderschranks. Stattdessen schlüpfte sie in die saubere Jeans und ein weißes T-Shirt und warf sich ihre blaue Kappe über den Kopf. Anschließend startete sie Henriks Technoscheibe in ihrem Kassettenrekorder, platzierte ihn auf der rechten Schulter und wanderte nach unten, um das geplante eineiige Osterfrühstück einzunehmen.

Frau Zwiebelgeschnittner hielt sich entsetzt die Ohren zu, Hannas Mutter kniff ihre Augen zusammen und ihr Großvater grinste. Herr Blomberg aber griff konsequent durch.

»Mach sofort das Ding aus!«, brüllte er seiner Tochter entgegen.

Hanna machte ein verständnisloses Gesicht, drückte aber um des lieben Friedens willen sogleich auf die OFF-Taste. Doch die bewegte sich keinen einzigen Millimeter nach unten.

Hanna zuckte die Schultern. »Geht nicht«, rief sie.

Herr Blomberg sprang auf. »Du willst uns wohl veräppeln?«

»Geht wirklich nicht.«

»Zeig mal her!«

Ihr Vater packte den Tragegriff des Kassettenrekorders und zog das Gerät quer über den Tisch zu sich herüber. Frau Zwiebelgeschnittner hielt sofort die feine Tischdecke fest und Frau Blomberg rettete alles, was im Weg stand: Die Butterdose, ein gelbes Plüschküken, eine Glasvase, die prall mit Osterglocken gefüllt war, zwei Sorten Marmelade und die Käseplatte.

»Was hast du denn da für einen Mist gekauft?«, schimpfte Herr Blomberg, der nun verzweifelt versuchte, den Rekorder auszuschalten. Natürlich klappte es nicht.

»Was kann *ich* dafür?«, protestierte Hanna. »Du hast mir schließlich nicht mehr Geld gegeben.«

»Ach, jetzt soll ich auch noch schuld sein, wie?«

»Kann man das Ding nicht wenigstens ein bisschen leiser stellen?«, durchdrang Frau Blombergs Stimme den Tumult.

Man konnte. Zwar nicht so leise, dass gar nichts mehr zu hören war, aber immerhin so, dass man sich wieder unterhalten konnte.

»So«, seufzte Hannas Oma. »Das sind also Hannas Ostergeschenke. Ich kann allerdings nicht behaupten, dass sie mir besonders gut gefallen.«

Herr Zwiebelgeschnittner legte ihr besänftigend seine Hand auf den Arm, aber seine Frau trompetete unbeirrt weiter: »Wie kann man denn das Kind auch allein losschicken?! Ich finde, sie hätte zum Beispiel viel dringender ein neues Kleid gebraucht.«

Das fand Frau Blomberg nicht.

»Ich kann verstehen, dass sie lieber Hosen trägt«,

sagte sie und sah ihre Mutter, die sofort etwas entgegnen wollte, scharf an. »Sogar zu Ostern.«

»Das glaube ich dir gerne«, knurrte Frau Zwiebelgeschnittner. »Dieses Ding, was du da anhast, spricht schließlich für sich.«

»Wieso? Das ist doch sehr sexy«, meinte Herr Blomberg und nickte seiner Frau, die ein enges silberfarbenes Kleid trug, wohlwollend zu.

»Ja, für die Disko, vielleicht«, entgegnete Hannas Großmutter. »Ich finde, sie sieht darin aus wie eine Abgesandte vom Orion oder einem anderen dieser blödsinnigen Gestirne.«

»Genau«, sagte Hanna. »Richtig spacig.«

Frau Blomberg zeigte sich von den unterschiedlichen Meinungen ihrer Familienmitglieder zu ihrem neuen Kleid völlig unbeeindruckt. Sie machte ein ernstes Gesicht und zeigte auf den Kassettenrekorder.

»Den da finde ich allerdings auch nicht soo toll. Aber zum Glück habe ich ja noch eine Überraschung für Hanna.«

Die Überraschung befand sich unter einem albernen Plüschosterhasen und entpuppte sich als Riesenei.

»Och, nö«, stöhnte Hanna. »Dieses Dinoei kriege ich doch niemals runter.«

»Aber das ist doch kein Dinoei«, erwiderte Frau Blomberg.

»Na, das Huhn möchte ich mal sehen, das das gelegt hat.«

»Ich auch«, grunzte Hannas Opa.

»Wer sagt denn, dass es ein Huhn gewesen ist?«, entgegnete Hannas Mutter grinsend.

Da knackte es plötzlich in dem Ei. Hanna zuckte zusammen und rief: »Und wenn da jetzt doch ein Dino rauskommt?«

Und als es kurz darauf ein zweites Mal knackte, stieg in Hanna der Verdacht auf, dass irgendeiner aus ihrer netten Familie das Ei in einem Scherzartikelladen erworben haben könnte und jeden Augenblick ein Plastikhase im Ringelhemd zusammen mit einem Haufen Konfettieier herausexplodieren würde.

Im gleichen Moment sprang auch schon ein Stück aus der Schale. Es schob sich langsam nach oben und unter ihm erschien ein zartgelbes Küken mit einem breiten Schnabel im Gesicht.

»Och, nö!«, rief Hanna noch einmal. Wie einfallslos!, dachte sie. Ein Osterhase im Ringelhemd wäre dann doch lustiger gewesen.

Frau Blomberg guckte erschrocken. Eigentlich viel zu erschrocken, um nur so zu tun. Und auch die drei restlichen Erwachsenen machten Augen wie Lakritzschnecken.

Das zartgelbe Küken flötete oder zwitscherte leise vor sich hin. Und es war auch überhaupt nicht flauschig, sondern sah eher nass und klebrig aus.

»Aaah!«, schrie Hanna und sprang von ihrem Stuhl auf. Sie ergriff ihren Kassettenrekorder, als sei er das Wichtigste, was bei einer lebensbedrohlichen Katastrophe zu retten sei, und rannte aus dem Esszimmer.

Das Küken war inzwischen vollständig aus der Schale geschlüpft, fiel vom Tisch herunter auf Hannas Stuhl, machte einen doppelten Salto bis zum Holzboden, rappelte sich mühsam wieder auf und tippelte laut piepsend hinter Hanna her.

»Es ist tatsächlich echt«, stammelte Frau Zwiebelgeschnittner.

»Herrgott, Sakra!«, rief Hannas Großvater und Herr Blomberg kratzte sich nachdenklich über die Stirn. »Woher hast du dieses Ei?«, fragte er seine Frau.

»Von den Holzhäusers.«

»Aber die haben doch nur Gänse.«

»Natürlich.« Frau Blomberg lachte. »Und ich würde sagen, das Experiment ist geglückt.«

Die drei anderen Erwachsenen sahen sie verständnislos an. Da dämmerte es Herrn Blomberg allmählich.

»Du hast darauf spekuliert, dass da ein Küken schlüpft?«

»Genau.« Seine Frau nickte. »Frau Holzhäuser hat mir extra eins gegeben, das ausreichend lange bebrütet worden ist. Ich habe es nur noch ein wenig in die warme Sonne gelegt ...«

»Dabei hätte es dir eigentlich ähnlich gesehen, wenn du für diesen Zweck extra einen Brutkasten gebaut hättest«, sagte Frau Zwiebelgeschnittner.

Frau Blomberg zuckte die Schultern. »Keine Zeit. Leider.«

Ihre Mutter sah sie missbilligend an. »Aber eines wirst du mir doch hoffentlich ernsthaft beantworten können. Wieso rennt dieses Vieh die ganze Zeit ausgerechnet hinter meiner Enkelin her?«

Gerade in dem Moment kam Hanna wieder durch die Esszimmertür hereingelaufen, das Küken immer noch auf ihren Fersen.

»Hilfe, Mama!«, schrie sie. »Dieses klebrige Ding soll mich gefälligst in Ruhe lassen.«

Der Mond malte ein sanftes Licht auf Patches' schwarzes Dalmatinerauge.

»Kannst du auch nicht schlafen?«, murmelte Hanna und zog so lange an ihrer Bettdecke, bis sich das aufgedruckte Hundeauge im Schatten befand. »So ist es besser, nicht?«

Es war bestimmt längst nach Mitternacht, aber sie

bekam einfach kein Auge zu. Sie verschränkte ihre Hände unter dem Kopf und starrte gegen die Zimmerdecke.

Dieses blöde Küken war ihr den ganzen Tag nicht von der Seite gewichen. Manchmal war es zwar irgendwo stehen geblieben und hatte etwas Gras abgezupft. Doch sobald Hanna sich mehr als zwei Meter von ihm entfernt hatte, war es ihr eilig in seinem komischen Watschelgang hinterhergerannt.

Klar, Mama hatte es nett gemeint. Schließlich mochte Hanna Tiere gern. Aber eben eher solche wie Kaninchen, um die man sich nicht dauernd kümmern musste.

»Vielleicht solltest du den Rekorder richtig laut stellen«, hatte Herr Zwiebelgeschnittner vorgeschlagen. »Dann kriegt es sicher Angst und lässt dich in Ruhe.«

Dafür hatte der zwar einen bitterbösen Blick von seiner Frau geerntet, aber Hanna war von dieser Idee begeistert gewesen. Bis sie feststellte, dass das Küken sich davon überhaupt nicht beeindrucken ließ. Im Gegenteil.

»Pass auf, Spatz, ich wette, gleich fängt es noch an zu tanzen!«, hatte Herr Blomberg gerufen. »Und wenn ich gewinne, gebe ich sofort ein Eis aus.«

»Gänse tanzen nicht«, hatte Hannas Großmutter

behauptet und damit die Wette bereits eine Minute später verloren. Eine Riesenportion hatte es gegeben mit sieben Kugeln und einem Berg Schlagsahne, aber so richtig genossen hatte Hanna es trotzdem nicht.

»Ein tanzendes Gänseküken, das mir wahrscheinlich bis an sein Lebensende jede Sekunde auf den Fersen bleiben wird.«

Hanna seufzte und starrte dem Mond in sein grinsendes Gesicht.

»Lach mich gefälligst nicht aus«, sagte sie. »Ich habe in den letzten Tagen vielleicht etwas übertrieben, aber das habe ich nun wirklich nicht verdient.«

Ein Technoküken macht Ärger

»Ein Technoküken!«, schrie Leonie und klatschte sich auf die Schenkel. »Also, ich habe nur ganz normale Schokohasen bekommen. Und ein klasse Zweierzelt.«

»Na toll«, sagte Hanna. Ein Zelt hätte sie auch gerne gehabt.

»Aber da lass ich das nicht rein«, verfügte Leonie. »Das kackt ja ununterbrochen.«

Damit hatte sie leider Recht. Alles, was die kleine Gans oben in sich hineinschnäbelte, kam unten sofort in abgewandelter grüner Breiwurstform wieder heraus. Viel schlimmer war allerdings, dass das Küken Hanna einfach nicht in Ruhe ließ.

»Wahrscheinlich hält es dich für seine Mutter«, meinte Leonie.

»So ’n Quatsch!«, rief Hanna. »Schließlich hat es Augen im Kopf. Es kann doch sehen, dass ich keine Gans bin.«

»Vielleicht ist es ihm egal, wie du aussiehst.«

»Hör bloß auf«, stöhnte Hanna und drehte den Rekorder ein bisschen lauter.

Das Küken beschnäbelte die einzelnen Tasten und Knöpfe, hackte ein paar Mal gegen die Lautsprecher und zupfte an Hannas Hosennaht herum. Dann knabberte es einige Grashalme ab und wiegte sich im Takt der Musik von einem Watschelfuß auf den anderen.

»Eigentlich ist es doch ganz putzig«, fand Leonie.

»Kannst es gleich mitnehmen«, schnaufte Hanna. »Soll ich es dir vielleicht noch nett einschlagen?«

Leonie kicherte. »Tolle Idee. Nur ein bisschen gewalttätig, finde ich.«

Hanna seufzte. Ihr war im Augenblick gar nicht nach Scherzen zu Mute. Sie dachte nämlich an Henrik.

Was würde der wohl sagen, wenn er sie mit dem Küken im Schlepptau sah? Oder jemand anderes? Und wie würde es nach den Ferien weitergehen? Die Gans konnte doch unmöglich mit in die Schule. Herr Krummgestandner würde es niemals zulassen, dass sie am Unterricht teilnahm. Und außerdem legte Hanna nicht den geringsten Wert darauf, von sämtlichen Mitschülern ausgelacht zu werden.

»Dieses Küken ist eine Katastrophe«, sagte sie zu Leonie. »Und mir muss so schnell wie möglich etwas einfallen, damit es mich in Ruhe lässt.«

»Hier. Lorenz, Konrad, Verhaltensforscher«, sagte Herr Zwiebelgeschnittner und hielt seiner Enkeltochter das Lexikon unter die Nase. »Hat sich mit den Instinkten der Tiere beschäftigt. Und mit dem so genannten Phänomen der Prägung.«

Hanna verstand kein Wort.

»Na, das bedeutet, das Gänseküken denkt, du seist seine Mutter.«

»Das hat Leonie auch schon gesagt«, erwiderte sie kühl. Ihr Opa sollte bloß nicht denken, dass er besonders schlau sei. »Aber ich glaube das trotzdem nicht.«

»Dein Glaube wird dir nichts nützen«, sagte Herr Zwiebelgeschnittner und setzte sich neben sie auf das Kaninchenlaufgitter. »Du wirst dich damit abfinden müssen.«

»Schöner Mist.« Sie verschränkte die Arme vor ihrer Brust. »Können wir es nicht verkaufen?«

Herr Zwiebelgeschnittner hob seine buschigen Augenbrauen.

»Aber Geschenke verkauft man doch nicht.«

Hanna nickte und starrte auf das Küken, das friedlich neben ihrem Kassettenrekorder lag und vor sich hin döste. Es war putzig. Da hatte Leonie schon Recht. Putzig und peinlich zugleich.

Plötzlich hörte sie, wie das Gartentor aufgerissen wurde. Sie hob den Kopf und sah, wie ihr Vater auf sie zukam.

»Stellt euch vor«, rief er. »Schon wieder sind Kaninchen verschwunden. Nochmal zwei bei den Bartmichels und jetzt auch noch ein paar bei den Luckstätters. Aber weit und breit kein Fuchs«, seufzte er.

»Da macht sich jemand einen schönen Braten auf unsere Kosten«, schnaufte Frau Zwiebelgeschnittner. Sie war gerade dabei, eine Tulpenrabatte in ein Karottenbeet zu verwandeln.

»Ach was«, widersprach Hannas Großvater. »Das wird nichts als ein dummer Lausbubenstreich sein.«

Vielleicht hat er Recht, dachte Hanna. Doch im Augenblick fand sie die ganze Angelegenheit sowieso nicht so wichtig. Denn in ihrem eigenen Laufgitter hoppelten nach wie vor alle achtzehn Löffelohren vollzählig hin und her. Hanna lehnte ihren Rücken an eine der beiden Schmalseiten und begutachtete das kleine Gänseküken, das gerade einen langen Hals machte und ihr leise etwas entgegenflötete.

»Du zwitscherst wie ein Vögelchen«, sagte sie zu ihm und überlegte, ob das wohl seine Richtigkeit hatte. »Gänse schnattern doch eigentlich.« Sie rupfte einen langen Grashalm ab und hielt ihn dem Küken hin. Und das schnäbelte ihn sofort in sich hinein. »Aber du bist ja sowieso nicht normal. Hältst einen Menschen für deine Mutter.«

Dann fiel ihr ein, was ihr Großvater über Konrad Lorenz und dessen Verhaltensforschung berichtet hatte. Der hatte nämlich herausgefunden, dass ein Gänse- oder Entenjunges das Erste, was es zu Gesicht bekam, für seine Mutter hielt. Auch wenn es sich dabei um einen versehentlich weggerollten Inline-Skater oder ein kleines ferngesteuertes Spielzeugschiff handelte.

Vorne neben dem Haus hörte sie ihre Großmutter schimpfen.

Hanna wusste, das galt ihrem Großvater, der seine Ente am liebsten direkt in der Einfahrt parkte. Und jetzt war der Wagen wahrscheinlich ihrer Großmutter, die gerade mit einem Karton frisch ausgepflanzter Tulpen vor dem Haus verschwunden war, genau im Weg.

Hanna lächelte und wandte sich dann wieder ihrem Küken zu. »Also! Auch Mütter brauchen ihre Freiheit. Und deshalb müssen wir uns für dich etwas einfallen lassen.«

Kaum hatte sie das ausgesprochen, kam Leonie, ein Nino-de-Angelo-Liedchen summend, die Straße hinaufgehüpft und ließ dabei ein kleines blaues Etwas um ihren Zeigefinger kreisen.

»Guck mal, was ich hier habe«, rief sie.

Mit einem Satz sprang sie über den Zaun in den Garten und Hanna staunte nicht schlecht. So sportlich war Leonie noch nie gewesen.

»Was soll denn das sein?«

Es war eine Schirmmütze. Genauso blau wie Hannas. Nur kleiner.

»Eine für Puppen«, sagte Leonie.

»Klasse.« Hanna war beleidigt. »Ich spiele nämlich überhaupt nicht mehr mit Puppen.«

Leonie lachte. »Die Kappe ist doch für dein Küken.«

»Bist du jetzt völlig durchgedreht?«, fragte Hanna und tippte sich an die Stirn. Aber gut, einen Versuch war es vielleicht trotzdem wert.

»Wer hält die Gans?«, fragte sie.

Nach kurzem Zögern erklärte sich Leonie dazu bereit. Mit einem Satz sprang sie auf das Küken zu. Es flötete etwas Unverständliches und watschelte aufgeregt davon.

»Tja«, sagte sie. »Ich glaube, das ist Sache der Mutter.«

Hanna nickte und stürzte los. Die Gans wich sofort zur Seite und Hanna fiel der Länge nach ins Gras. Aber einen der Watschelfüße hatte sie doch gepackt und den hielt sie so fest, als wolle sie ihn nie wieder loslassen. Sofort ergriff Leonie das Küken am Hals, Hanna stülpte ihm die Kappe über und eine Sekunde später war es wieder frei. Es torkelte ein wenig und zwitscherte aufgeregt.

»Guck mal, wie süß!«, rief Leonie.

»Na ja, ich weiß nicht recht.« Hanna war skeptisch. Das Gänseküken sah mit der kleinen Mütze wirklich niedlich aus, allerdings schien es nicht besonders glücklich zu sein. Es schüttelte sich heftig und versuchte die merkwürdige Kopfbedeckung wieder loszuwerden. Anscheinend konnte es damit nicht mehr so gut gucken, weil der Kappenschirm seine Augen überschattete.

Aber das Küken tat Hanna nur ein bisschen Leid. Denn die Sache hatte auch einen Vorteil: Sie konnte sich nun endlich mal davonstehlen. Zum Beispiel mit Leonie im Schlepptau die Straße hinunter zu *Pino's* Eisdiele.

Eine Dreiviertelstunde später waren ihre Mägen mit Pistazieneis abgefüllt und sie machten sich langsam wieder auf den Rückweg. Hanna balancierte auf der Bordsteinkante entlang und Leonie hüpfte neben ihr auf einem Bein von Pflasterstein zu Pflasterstein. Plötzlich tauchten vor ihnen auf dem Bürgersteig zwei Turnstiefel auf, die sie nur zu gut kannten.

Hannas Herz machte einen Salto rückwärts und anschließend zwei nach vorne. Sie konnte auf einmal nicht mehr richtig atmen, ihr wurde schlecht und schwindelig zugleich.

»Pass bloß auf, dass du nicht auf deine Sommersprossen fällst!«, rief Henrik Nissen lachend.

Sie murmelte etwas Unverständliches, weil ihr mal wieder nichts Passendes einfiel, und Leonie machte ihm eine lange Nase.

»Weiber!«, sagte Henrik nur, drückte auf den Startknopf seines Kassettenrekorders und spazierte mit erhobenem Haupt und dem altbekannten »dmpf-dmpf-dmpf-dmpf-dmpf« an ihnen vorbei.

»Warum hast du deinen bloß nicht mitgenommen?«, zischte Leonie. Sie stellte sich vor, wie wunderbar es wäre, diesen blöden Kerl mit ohrenbetäubender Heino-Musik zu ärgern.

»Was soll's?! Der ist doch sowieso gleich über alle Berge«, entgegnete Hanna.

Aber je länger sie darüber nachdachte, desto besser gefiel ihr die Idee, Henrik mit seinem eigenen »dmpf-dmpf-dmpf-dmpf-dmpf« in dreifacher Lautstärke zu übertönen. Sie machte einen kleinen Hüpfer, schob ihre blaue Kappe in Richtung Hinterkopf und boxte Leonie in den Oberarm. »Na los, komm, wir holen ihn!«

Das Gänseküken lag zu Hause unter dem Haselbusch und piepste erbärmlich. Herr Zwiebelgeschnittner stand wie ein lebendes Mahnmal daneben, hielt die kleine blaue Kappe zwischen Daumen und Zeigefinger und sagte: »So geht das nicht.«

»Was denn?«, fragte Leonie.

Hanna sah auf das Küken, das noch immer unter dem Strauch kauerte und fiepte. Sie bückte sich und streckte ihm eine Hand entgegen.

»Schon gut«, sagte sie leise. »Ich bin doch wieder da.«

Doch das schien die kleine Gans nicht im Geringsten zu interessieren.

»Sie erkennt dich nicht wieder«, rief Leonie begeistert.

»Ja, scheint wirklich so zu sein«, erwiderte Hanna traurig.

»Was ist denn mit dir los? Du solltest lieber einen Freudensprung machen!« Leonie schüttelte ihre blonde Mähne.

»Ach, eigentlich war es doch ganz witzig«, sagte Hanna. »Irgendwie hat es doch schon zu mir gehört.«

Leonie grinste.

»Dann kriegst du jetzt wohl doch noch Muttergefühle.«

»Pah!«, schnaufte Hanna, griff nach ihrem leise vor sich hin säuselnden Kassettenrekorder und drehte ihn auf volle Lautstärke. Sofort war das Gänseküken wieder wohlauf. Es flötete begeistert, erhob sich auf seine breiten Watschelfüße und rannte so schnell es konnte den beiden Mädchen hinterher.

»Na, da hast du es ja wieder«, rief Leonie.

Hanna nickte und war zufrieden. Besonders, als kurz darauf Henrik Nissen mit seinem Rekorder, den er gewohnt lässig auf der rechten Schulter abgestellt hatte, um die Ecke bog.

»Mist! Jetzt hast du auch noch die falsche Scheibe drin. Statt Heino dieses blöde Technostück«, flüsterte Leonie.

»Zu spät«, wisperte Hanna scheinheilig zurück. »Aber dafür bin ich lauter.«

Das stimmte. Und Henrik machte statt dummer Sprüche nun endlich ein langes Gesicht.

Das Gänseküken tänzelte hin und her, Hanna strahlte wie eine Tausend-Watt-Glühbirne und Leonie hatte vor lauter Spannung aufgeblähte Nasenlöcher. Henrik Nissen aber schien zu Beton erstarrt zu sein. Breitbeinig und mit sperrangelweit geöffnetem Mund stand er mitten auf der Straße.

»Mach lieber die Klappe wieder zu! Die Fliegen tragen schon ihre Möbel hinein«, rief Hanna ihm entgegen und Leonie lachte.

Da wurde die Musik in Hannas Rekorder plötzlich dumpfer und leiser und entsetzlich eierig. Das Küken machte einen krummen Hals, zwitscherte ängstlich und torkelte unbeholfen hin und her.

»Ausgerechnet jetzt gibt die Batterie ihren Geist

auf«, fluchte Hanna und drehte den Lautstärkeregler zurück.

Und schon kam Henrik wieder in Bewegung. Er stellte seine eigene Musik ab und ging grinsend auf die beiden zu.

»War wohl nix mit eurer Entendisko.«

»Das ist keine Ente!«, schrie Hanna.

»Ach, nein? Was soll dieser flusige gelbe Putzlappen auf zwei Gummipümpeln denn sonst sein?«

»Eine Gans«, klärte Leonie ihn auf.

Henrik Nissen lachte. »Na, umso besser. Dann ist sie bei euch ja genau an der richtigen Adresse.«

Hanna bekam weiche Knie vor Entrüstung, oder vielleicht auch, weil es ihr wehtat, dass ausgerechnet dieser Henrik so etwas über sie sagte. Sie hob das orientierungslose Küken auf ihren Arm, stupste Leonie in die Seite und beeilte sich, mit ihr zusammen nach Hause zurückzukommen.

»Du brauchst keine Angst mehr zu haben«, sagte Hanna und zog ihrer kleinen Gans vorsichtig die blaue Kappe über den Kopf. Diesmal mit dem Schirm nach hinten, damit sie genug sehen konnte und nie wieder über ihre Watschelfüße stolpern musste. »Und so weiß auch gleich jeder, dass du zu mir gehörst.«

Das Küken flötete leise und Hanna lächelte.

»Außerdem werde ich es nie mehr zulassen, dass dich irgendjemand beleidigt.«

Zwar hatte Henrik Nissen sie und Leonie als Gänse bezeichnet, aber eine ordentliche Gans als Ente zu beschimpfen war mindestens genauso schlimm.

»Wie soll sie überhaupt heißen?«, fragte Leonie.

Hanna zuckte die Schultern. Darüber hatte sie sich noch gar keine Gedanken gemacht.

»Vielleicht Blaumütze«, schlug Leonie vor.

Hanna rümpfte die Nase, angelte eine kleine zarte Karotte aus dem Weidenkorb und hielt sie in das Laufgitter. Zwei Mümmler kamen sofort angehoppelt. Ihre Hasenfamilie sah eigentlich ziemlich vollständig aus. Vorsichtshalber zählte Hanna aber doch einmal nach. Sie kam viermal nur bis siebzehn. Eins fehlte. Tatsächlich.

»Welches ist es denn?«, fragte Leonie aufgeregt.

Hanna spähte angestrengt ins Laufgitter. »Keine Ahnung. Die meisten sehen sich zu ähnlich.«

»Du hast eben zu viele.«

»Jetzt fang du auch noch an. Mir reicht es schon, dass meine Oma immer alles so genau weiß.«

Leonie schwieg beleidigt. Am liebsten würde sie jetzt vorschlagen, zur Polizei zu gehen, aber damit war Hanna bestimmt auch wieder nicht einverstanden. Mit zusammengekniffenen Augen betrachtete sie das Gänseküken, das im Schatten auf der Wiese hockte und Grashalme auszupfte.

»Es sieht wirklich witzig aus. Richtig hip«, sagte sie, um Hanna etwas aufzuheitern. Doch leider ging auch das voll daneben.

»Richtig hip«, äffte die ihre Freundin nach.

»Willst du schon wieder streiten?«, knurrte Leonie.

»Nee, ich will was unternehmen.«

Hanna sprang auf ihre Füße und lief in Richtung Gartentor. Plötzlich blieb sie wie angewachsen stehen und starrte zur Hecke. Und da sah Leonie es auch, das hellblaue Etwas, das am oberen Heckenrand um das Grundstück herumzugleiten schien.

»Was ist das denn?«, flüsterte sie.

»Eine Mütze, schätze ich mal«, erwiderte Hanna.

»Ach nee! Und ich dachte schon, ein Ufo.«

Hanna stöhnte. Ufos! Die kamen doch nur in den Sciencefiction-Romanen ihrer Mutter vor. Sie presste einen Zeigefinger auf ihre Lippen und fasste Leonie am Arm.

Zusammen schlichen sie auf die Hecke zu, ohne dabei die Mütze aus den Augen zu lassen.

Inzwischen war auch die Gans neugierig geworden. Sie machte einen langen Hals und sah sich um. Dann erhob sie sich umständlich auf ihre breiten Füße und setzte sich in Bewegung. Sie war als Erste an der Hecke und auch als Erste darunter hindurch.

Jemand schrie: »Auaaa!«

Die hellblaue Mütze schoss nach oben und darunter kam ein kompletter Jungenkopf zum Vorschein.

Schnell schlüpften Hanna und Leonie durch die Hecke auf den Bürgersteig und sahen, dass das Gänseküken sich in der nackten Wade des Jungen festgebissen hatte. So, als wollte es einen Dieb aufhalten.

»Bist du verrückt geworden!«, schrie Hanna, packte ihr Küken an den Beinen und zog kräftig daran.

Sofort öffnete es den Schnabel und ließ den Jungen los. Der aber machte, dass er wegkam.

Die beiden Mädchen sahen ihm hinterher.

»Das war doch der, der …«, stotterte Leonie.

»Wer?« Hanna starrte ihre Freundin an.

»Na, dieser Florian. Der hier immer Urlaub macht.«

»Ja, klar. Der Florian mit den empfindlichen Babyohren, der sogar im Frühling eine Mütze tragen muss.«

»Genau«, erwiderte Leonie.

»Und weißt du was?«, schrie Hanna. »Ich wette, der ist der Hasendieb!«

Eine ziemlich verpennte Gegenmaßnahme

Vollkommen aus der Puste kam Florian zu Hause an.

»Was ist denn mit dir los?«, fragte seine Mutter, die dabei war, ihr kleines Fachwerkhaus für den Osterurlaub herzurichten.

»Och, nichts. Ich bin nur ein bisschen gerannt«, schnaufte Florian.

»Das sehe ich«, erwiderte sie lächelnd. »Aber du solltest dich nicht immer so verausgaben.«

Immer? Das war typisch Mama. Ständig machte sie sich Sorgen um ihn. Und nur, weil er ein wenig empfindlichere Ohren hatte als andere Kinder. Dafür hörte er aber auch mehr als die meisten anderen. Wenn man in diesem Fall überhaupt von *hören* sprechen konnte.

Florian verzog sich in sein Zimmer, nahm den kleinen Stein aus seiner Nachttischschublade und legte sich aufs Bett. Er schloss die Augen, drehte den Stein zwischen seinen Fingern hin und her und dachte nach.

Was hatte Daniel noch gesagt, als er ihm dieses kleine unscheinbare graue Ding in die Hand drückte?

»Hier, der lag mitten im Weg. Einfach so. Und ich schwöre dir, kein einziges anderes Steinchen weit und breit.«

Daniel war Florians bester Freund und so ziemlich der Einzige, der sich nicht über seine übersinnlichen Erkenntnisse, wie Florian das selber nannte, lustig machte. Außerdem wusste auch nur Daniel, dass Florian davon träumte, Detektiv zu sein. So wie sein großes Vorbild Kalle Blomquist, dessen Abenteuer sich die schwedische Schriftstellerin Astrid Lindgren ausgedacht hatte. Florian hatte sie alle verschlungen, so als wären sie dicke duftende Mettwürste gewesen. Und bisher hatten ihm zu seiner eigenen Detektivkarriere nur die entsprechenden Fälle gefehlt. Aber das versprach ja nun endlich anders zu werden.

Daniel hatte diesen kleinen grauen Stein nämlich ausgerechnet in Schweden gefunden, wo er im letzten Winter mit seiner Familie die Ferien verbracht hatte. Das war der erste eindeutige Hinweis gewesen.

Vor zwei Tagen, am Ostermontag, war Florian mit seinen Eltern in Lübeck, wo er normalerweise wohnte, in den Zug gestiegen. Während der Fahrt nach Bayern war der Stein immer wärmer geworden. Und als sein Vater am nächsten Morgen von den Kaninchendiebstählen aus der Zeitung vorgelesen hatte, hatte Florian sofort seinen Stein in die Hand genommen und fest gedrückt. Und schon war ihm dieses Mädchen mit den vielen Hasen im Garten eingefallen. Hanna Blomberg.

Hanna *Blom*berg, Kalle *Blom*quist.

Wenn das nicht der eindeutigste Hinweis überhaupt war!

Jeder andere würde ihn natürlich für verrückt erklären, weil er wegen einer solchen Namensähnlichkeit derartige Schlussfolgerungen zog. Das war Florian klar. Aber noch klarer war ihm, dass dieses Mädchen, auf jeden Fall aber ihre Kaninchen, in diesem Fall eine wichtige Rolle spielten. Das wusste er einfach.

Herr Zwiebelgeschnittner hatte das Gewehr zusammen mit etwas Munition, dem Öl und dem übrigen Putzzeug in seinen Waffenkoffer gepackt.

»Kommst du mal wieder mit zum Schießen?«, fragte er Hanna.

Doch die schüttelte den Kopf. »Ich habe Wichtigeres zu tun.«

»Ja, ja, bei deinen Karnickeln hocken und Mohrrüben futtern.«

Der Großvater war brummig. Aber das konnte Hanna im Moment nicht ändern. Außerdem kam Leonie gerade durch die Pforte spaziert. Hanna rannte ihr entgegen und legte verschwörerisch einen Arm um ihren Nacken.

»Wir müssen ihn beschatten«, flüsterte sie. »Besonders abends und nachts. Weil dann immer die Kaninchen weggekommen sind.«

»Wie stellst du dir das vor?«, fragte Leonie.

»Wir wechseln uns ab.«

»Ich kann aber nachts nicht.«

»Feigling.«

»Das hat gar nichts mit Feigheit zu tun«, verteidigte sich Leonie. »Unsere Treppe knarrt furchtbar und außerdem bellt auch immer gleich der Jocki.«

An den ollen Köter hatte Hanna natürlich nicht gedacht.

»Dann musst du eben aus dem Fenster steigen.«

Leonie tippte sich an die Stirn. »Meinst du, ich habe Lust, mir wegen ein paar dummer Mümmelnasen den Hals zu brechen?«

»Feigling«, sagte Hanna noch einmal.

»Ich bin kein Feigling, sondern Realistin«, erwiderte Leonie spitz.

»Das muss ja was ganz Tolles sein«, konterte Hanna. »Aber leider für unseren Fall nicht zu gebrauchen.«

»Für deinen!«

»Bist du nun meine beste Freundin oder nicht?«

Natürlich war Leonie das.

»Also, du kletterst einfach an eurem Eisenspalier runter, das ist doch gleich neben deinem Fenster«, bestimmte Hanna.

»Für dich. Für mich ist es mindestens einen halben Meter davon entfernt. Außerdem habe ich keine Lust, mir an den Rosen den Hintern aufzureißen.«

»Da sind doch noch gar keine dran.« Hanna sah ihre Freundin flehend an. »Mann, lass mich das doch nicht ganz alleine machen. Bitte.«

Leonie glotzte auf die Wiese. »Aber Dornen«, sagte sie. Doch Hanna dachte nicht daran aufzugeben. »Willst du die erste oder die zweite Schicht?«

»Keine Ahnung.«

»Du nervst«, stöhnte Hanna. »Pass auf, ich würde sagen, die erste Schicht ist von sieben bis um zwölf. Und die zweite von zwölf bis um sechs.«

Leonie überlegte. Richtig überzeugt von Hannas Idee, diesen Florian zu überwachen, war sie nämlich nicht. Aber schließlich gab sie doch nach.

»Okay, ich nehme die zweite Schicht.«

Denn um sieben Uhr, genau zur Abendbrotszeit, konnte sie unmöglich schon aus dem Haus.

Das konnte Hanna eigentlich auch nicht. Und so versetzte sie ein paar Stunden später ihre gesamte Familie in Verwunderung, als sie sich ganz gegen ihre Gewohnheit schon um halb sieben gähnend in ihr Zimmer verzog.

»Was ist denn mit dir los? Bist du krank?«, fragte Frau Blomberg und sah von ihrem Roman auf.

»Ach, ich bin einfach nur müde«, sagte Hanna. »Außerdem lese ich auch gerade so ein spannendes Buch.«

Herr Zwiebelgeschnittner lächelte. »Das fehlte ja noch, dass du in dieser Beziehung nach deiner Mutter schlägst. Eine außerirdisch Interessierte in unserer Familie reicht, finde ich.«

»Ich schlage nie«, erwiderte Hanna und hielt diese Antwort für wirklich witzig.

Doch ihr Opa setzte noch eins drauf. »Außer Leonie, natürlich.«

Blödmann, dachte Hanna, raste die Treppe hinauf und schloss ihre Zimmertür von innen ab. Damit wirklich allen spiegelglasklar war, dass sie ihre Ruhe brauchte, vor allem aber natürlich, damit keiner auf die Idee kam, in ihr leeres Bett zu schauen.

Punkt fünf vor sieben begann sie dann mit ihren Vorbereitungen zum Abstieg. Sie schlang das ausgefranste Lianenseil um einen der Bettfüße und zog es fest. Das einzige Problem war eigentlich nur das riesige Wohnzimmerfenster, an dem sie vorbeikriechen musste und hinter dem nun wahrscheinlich ihre ganze Familie versammelt sein würde.

Hanna öffnete das Fenster und ließ sich langsam hinab. Prompt riss auf halber Strecke das Seil. Sie kam etwas unsanft auf leicht verknickten Füßen unten an, rappelte sich aber gleich wieder auf und schlich mit wild pochendem Herzen um die Hausecke herum bis zum Fenster. Sie sah, wie die Gardine sich bewegte. Bestimmt goss ihre liebe Oma ausgerechnet jetzt die Blumen.

Hanna blinzelte in den Himmel. Die Sonne stand noch ziemlich hoch und spiegelte ihre Strahlen so sehr in der Scheibe, dass Hanna trotz ihrer blauen Kappe kaum etwas erkennen konnte.

Das geht so nicht, dachte sie. Und beschloss, sich lieber durch die Brombeersträucher hinter Opas

Schuppen hindurchzuarbeiten und dann bei Luckstätters über den Zaun zu klettern, um auf die Hauptstraße zu gelangen.

Das war zwar nicht weniger schwierig, jedenfalls was die Dornen betraf, aber zumindest war die Gefahr, dabei von einem Erwachsenen entdeckt zu werden, fast ausgeschlossen. Selbst wenn Herr Luckstätter um diese Zeit noch im Garten arbeiten sollte, würde er sich bei Hannas Anblick wohl kaum etwas denken.

Sie holte einmal tief Luft und arbeitete sich dann langsam durch die Hecke hindurch, und obwohl sie die Zweige dabei sorgsam zur Seite bog, riss sie sich die Hände, Arme, Unterschenkel und sogar das Gesicht auf. Zwischen der Brombeerhecke und dem Zaun der Nachbarn rieb sie sich vorsichtig etwas Spucke über die leicht blutenden Risse auf der Wange. Dann schwang sie sich mit einem Satz hinüber in Luckstätters Garten.

Es war niemand zu sehen.

Prima, dachte sie, kletterte von dort hinüber auf die Hauptstraße und rannte los. Sie hatte einen ziemlich weiten Weg vor sich, durch das ganze Dorf bis ins angrenzende Viertel, in dem die Touristen ihre Ferienhäuser hatten.

Hanna atmete tief durch und fing an zu rennen. Nach gut zwanzig Minuten erreichte sie endlich das kleine Fachwerkhaus. Hoffentlich ist Florian nicht schon weg, betete sie. Und hoffentlich würde Leonie heute Nacht nicht verschlafen. Wenn sie sich überhaupt traute, an dem Spalier herunterzuklettern.

Hanna drehte und wendete sich in alle Himmelsrichtungen, um nach einem geeigneten Versteck Ausschau zu halten. Da schlüpfte plötzlich die kleine Gans aus einem Blumenbeet hervor.

»Oh nein! Wo kommst du denn her?«, stöhnte Hanna. »Wart's nur ab. Morgen stopfe ich dich zu den Mümmlern in den Stall.«

Das Küken watschelte um Hanna herum und zwitscherte so aufgeregt, als stellte es eine Frage. Es schien ein wenig verwirrt zu sein und etwas zu suchen. Hanna zuckte ratlos mit den Schultern. »Es tut mir Leid, aber jetzt müssen wir den Florian beschatten.«

Da ertönte ein Geräusch vom Haus herüber. Rasch duckte Hanna sich hinter einen niedrigen Busch und hielt der kleinen Gans mit zwei Fingern den Schnabel zu. »Pst.«

Das Küken zappelte heftig und Florian, der gerade seinen Kopf aus einem Fenster im Erdgeschoss gesteckt hatte, sah sich vorsichtig nach allen Seiten um.

Na, wenn das deine Eltern wüssten, dachte Hanna, drückte die Gans fest in ihre Taille und zischte noch mal: »Jetzt sei bloß ruhig.«

Dabei klopfte ihr eigenes Herz so laut, dass man es eigentlich im nächsten Ort noch hören musste. Dieser Florian! Da war der also wirklich der Dieb. Genau wie sie es vermutet hatte. Am liebsten wäre sie gleich zu Leonie gerannt und dann mit ihr zusammen zur Polizei. Aber Polizisten wollten immer irgendwelche blöden Beweise. Und genau die würde sie ihnen jetzt beschaffen.

Das Küken zappelte und wand sich. Schließlich flutschte es unter Hannas Arm hindurch und landete empört fiepend auf dem Boden.

»Verdammt!«, schimpfte Hanna leise. »Wir müssen hinterher. Und zwar leise, ob es dir nun passt oder nicht.«

Der Florian schrak zusammen und verschwand blitzschnell in der nächsten Seitenstraße.

»So ein Mist! Da siehst du, was du verbockt hast.« Hanna zog sich ihren Pulli über den Kopf, warf ihn über die Gans, knuffte alles zu einem handlichen Bündel zusammen und rannte in die Richtung, in die Florian verschwunden war. Sie stoppte an der nächsten Ecke und spähte in die kleine Seitenstraße hinein.

Nichts war zu sehen. Obwohl es noch taghell war. Und die Straße war lang und schnurgerade. Doch was den Florian anging, war es so, als wäre er nie da gewesen.

Henrik warf noch einen letzten Blick in die Kartons, um sich zu vergewissern, dass mit den Tieren alles in Ordnung war. Heute Nacht würde er seine Zeichnung weiter vervollständigen und ganz nebenbei noch ein paar Viecher mitnehmen. Nicht weil es ihm Spaß machte oder er sie so gern bei sich hatte. Nein, er tat es nur, um den dünnen Alfred, der mittlerweile immer ungeduldiger wurde, ein wenig zu beruhigen.

Henrik stopfte die Zeichnung zusammen mit einem Kuli in seine Jackentasche und schlich die Außentreppe hinauf. Im Wohnzimmer brannte nur die Stehlampe und der Fernseher lief. Offensichtlich schaute sich seine Mutter gerade eine dieser beknackten Spielshows an.

Na, umso besser. Dann würde sie nämlich von seinem nächtlichen Abenteuer auch diesmal nichts mitbekommen.

Auch nach längerem Durch-die-Gegend-Schleichen hatte Hanna Florian nicht gefunden und so entschied sie sich, gleich zum Haus ihrer Freundin zu rennen.

Dort angekommen, legte sie das Gänseküken in ihrem Pullover vorsichtig auf den Boden und sammelte erst mal einen Haufen Kieselsteine zusammen. Ungeduldig wartete sie darauf, dass drinnen die Lampen endlich ausgingen. Etwas später, als sie sich einigermaßen sicher war, dass alle schliefen, warf sie die Steine dann wie verabredet gegen die Fensterscheibe von Leonies Zimmer.

Aber nichts. Leonie rührte sich einfach nicht. Hanna beschloss, trotzdem bis Mitternacht auf sie zu warten, obwohl das eigentlich überhaupt keinen Sinn mehr hatte, denn Florian war mit seiner Klautour inzwischen bestimmt längst fertig.

Hanna lehnte sich mit dem Rücken an die Hauswand und ließ sich seufzend auf ihren Hintern fallen. Sie gähnte und versuchte krampfhaft wach zu bleiben. Doch schon bald konnte sie ihre Augen nicht mehr offen halten und versank in einen kurzen, unruhigen Schlaf.

Sie erwachte, weil ihre rechte Wange furchtbar wehtat. Hanna gähnte, blinzelte und legte dabei vorsichtig eine ihrer eiskalten Hände auf die schmerzende Stelle. Als sie Henrik Nissen erblickte, riss sie beide Augen auf und sprang auf ihre Füße.

»Was machst du denn hier?«

»Könnte ich dich auch fragen«, erwiderte er.

»Und was hast du da in der Tasche?«, fragte Hanna, nachdem sie die große Sporttasche, die er bei sich trug, bemerkt hatte. »Doch wohl nicht deinen blöden Ghettoblaster?«

»Klar.« Henrik grinste. »Damit er nicht feucht wird.«

Hanna tippte sich an die Stirn. Aber das beachtete Henrik nicht weiter.

»Tut es sehr weh?«, fragte er.

»Was?«

»Na, deine Backe.«

»Woher weißt du, dass sie mir wehtut?«

»Weil ich reingekniffen habe, um dich zu wecken.«

Hanna qualmte vor Empörung. »Was Besseres ist dir wohl nicht eingefallen!«

»Ich hätte dich natürlich auch küssen können«, sagte er grinsend.

Sie spürte sofort, wie sie rot wurde. Es fing ganz unten am Hals an und zog sich langsam und glühend heiß hinter den Ohren entlang bis nach oben auf ihre Stirn.

Henrik streckte seine Hand aus und strich sanft über ihre Wange. »Gibt bestimmt 'n blauen Fleck.«

»Nimm deine blöden Pfoten weg!« Hanna schlug seinen Arm herunter. Dabei fand sie es eigentlich ziemlich gut, wie er sie berührte.

»Schon in Ordnung«, sagte Henrik und deutete auf ihren Pullover, der noch immer neben ihr auf dem Boden lag. »Willst du den nicht lieber anziehen? Du hast ja schon 'ne Gänsehaut.« Die pure Schadenfreude eroberte sein Gesicht. »Aber so passt du ja auch viel besser zu deinem gelben Watschelflaum!«

Hanna bückte sich und hob rasch das Gänsepullibündel auf. Dabei betete sie inständig zu Gott oder sonst jemandem, der sich als zuständig erweisen könnte, dass es jetzt bloß nicht aufwachen und irgendetwas von sich geben würde. Ganz nebenbei schielte sie zu Leonies Zimmerfenster hinauf. Aber dort war alles ruhig und dunkel.

Nicht einmal auf ihre allerbeste Freundin war also Verlass. Und dafür hatte sie nun stundenlang hier draußen in der Dunkelheit herumgesessen und musste sich nun auch noch Gemeinheiten von Henrik Nissen gefallen lassen.

»Was geht dich das überhaupt alles an!«, zischte sie in seine Richtung, stolperte durch den Vorgarten auf die Straße und trabte wütend nach Hause.

»Da bist du ja endlich!«, rief ihr Frau Blomberg am nächsten Morgen aus der Küche entgegen. Hanna war nämlich keine Langschläferin. Noch nie gewesen.

»Geht es dir nicht gut?«

»Aber klar.«

Mehr sagte sie nicht. Und alle starrten sie an. Sie beobachteten, wie Hanna eiskalte Milch in ihr Glas goss, langsam drei Löffel Kakaopulver hineinrieseln ließ und genüsslich umrührte. Und sie verfolgten genau, wie sie sich ein Brot mit ihrem Lieblingscamembert belegte und tief hineinbiss.

»Hattest du etwa die Gans mit in deinem Bett?«, fragte Frau Zwiebelgeschnittner schließlich.

»Bist du wahnsinnig?« So etwas durfte man ihrer Großmutter eigentlich nicht unterstellen, aber es war ihr nun einmal herausgerutscht.

»Sie hat es nicht so gemeint«, sagte ihr Opa.

»Eine Gans gehört nicht ins Bett, sondern in den Stall oder in den Bräter. Und wer hier anderer Meinung ist, an *dessen* Verstand muss gezweifelt werden«, empörte sich Frau Zwiebelgeschnittner.

»War sie ja auch nicht«, murmelte Hanna und sagte noch einmal laut, damit es auch wirklich alle kapierten: »Die – Gans – war – nicht – in – meinem – Bett!!!«

»Und woher kommen dann die Kratzer an deinen Armen und in deinem Gesicht?«

»Sicher nicht von einem Küken, das die halbe Nacht auf ihr hin- und hergewatschelt ist«, meinte Hannas Vater. »Auch wenn das natürlich erklären würde, wieso meine Tochter heute erst so spät aufgewacht ist.«

Herr Zwiebelgeschnittner schüttelte den Kopf, zündete sich seine Pfeife an und sagte mit ernster Miene: »Sie wird geschlafwandelt sein, aus ihrem Fenster geklettert, auf den Dachfirst gestiegen, darauf entlangbalanciert und schließlich …«, er machte eine ausschweifende Armbewegung, »… am anderen Ende des Hauses in den Dornenbusch gefallen.«

Hanna prustete los.

»Das ist ja wohl nicht dein Ernst!«, rief ihre Mutter.

»Aber natürlich.« Herr Zwiebelgeschnittner zwinkerte seiner Enkelin zu. Aber die restlichen drei, ihre Eltern und vor allem ihre Großmutter, glotzten sie dermaßen sorgenvoll an, dass Hanna ihrem Opa für diesen grandiosen Einfall in Gedanken einen Stoß in die Rippen verpasste.

Leonie war eingeschnappt. Sie hielt die Arme fest über ihrer Brust verschränkt und beteuerte immer wieder, dass sie vollkommen unschuldig sei.

»Schließlich weiß ich doch am besten, wer nicht rausgekommen ist. Nämlich du!«, schrie Hanna und knallte ihre blaue Schirmkappe ins Gras.

»Und du! Wo warst du?«, brüllte Leonie zurück. »Jedenfalls nicht unter meinem Fenster.«

Hanna hörte überhaupt nicht hin.

»Nur wegen dir wäre mein Küken fast erstickt. Nur wegen dir habe ich superschlecht geschlafen. Und nur wegen dir hätte mich dieser widerliche Henrik Nissen beinahe geküsst!«

»Ha!«, rief Leonie. »Als wenn dir ausgerechnet das besonders viel ausgemacht hätte!«

Hanna spürte sofort diese wohl bekannte peinliche Hitze hinter ihren Ohren. Schnell bückte sie sich, hob ihre Kappe auf und stapfte in den hinteren Teil des Gartens. Auf halber Strecke wurde ihr plötzlich klar, dass Leonie die ganze Zeit über ebenfalls behauptet hatte, sie, Hanna, sei letzte Nacht auch nicht am Treffpunkt gewesen. Sie fuhr herum und starrte ihre Freundin, die ihr gefolgt war, mit zusammengekniffenen Augen an.

»Woher willst du denn wissen, dass ich nicht da gewesen bin?«

»Weil du es nicht warst. Ich habe aus dem Fenster geschaut …«

»Ich habe unten an der Hauswand gelehnt.«

»Ja, wie soll ich dich denn da sehen?«, meckerte Leonie. »Da ist doch nachts immer alles dunkel.«

Es stellte sich heraus, dass Leonie sich den Wecker auf fünf vor zwölf gestellt hatte, sofort aufgestanden war und aus dem Fenster gesehen hatte. Genau zu dieser Zeit musste Hanna aber bereits in tiefem Schlummer gelegen haben.

»Ganz schön blöd«, stellten sie fest, und dass sie wohl keine besonders guten Detektive waren.

Sie hockten sich seufzend auf das Laufgitter, kauten schweigend ein paar Karotten und Hanna zählte nachdenklich ihre Kaninchen durch.

»Das gibt's doch gar nicht!«, rief sie plötzlich und sprang auf. »Da fehlt ja schon wieder eins!«

Herr Zwiebelgeschnittner war wütend.

»So eine Frechheit!«, schimpfte er und holte grummelnd das Luftgewehr aus seiner Kammer.

»Aber du wirst ihn doch nicht erschießen wollen!«, rief Hannas Mutter.

»Mit diesem Ding hier?« Der Großvater schüttelte den Kopf. »Ich bin froh, dass ich damit überhaupt die Zielscheibe so einigermaßen in der Mitte treffe.«

»Verdient hätte er's aber«, sagte Hanna leise. Ihr Vater faltete fein säuberlich seine Zeitung zusammen und legte sie auf den Wohnzimmertisch.

»Für den Diebstahl von ein paar Karnickeln wäre die Todesstrafe in meinen Augen in der Tat etwas unangemessen, wenn man mal davon absieht, dass es sie in unserem Lande zum Glück auch gar nicht mehr gibt.«

»Ich hab's ja nicht so gemeint«, erwiderte Hanna kleinlaut.

»Man sollte so etwas nicht einmal denken«, sagte Herr Blomberg.

»Und die armen Löffler, was ist mit denen?«, fragte sie. »Ich kann mir gar nicht vorstellen, was er mit ihnen vorhat.«

»Er wird sie essen wollen«, sagte Frau Zwiebelgeschnittner, während sie ein paar Blumentöpfe auf der Fensterbank in die richtige Reihenfolge brachte. »Wenn ihr mich fragt, ist das kein Dieb, sondern ein Wohltäter. Jedenfalls, was die Karnickelherde meiner Enkelin angeht.«

Wir fragen dich aber nicht, dachte Hanna sauer.

Kaninchen schienen für die meisten Erwachsenen keine besondere Angelegenheit zu sein. Opa und Papa regten sich doch auch nur deshalb darüber auf, weil es sich um ein Verbrechen handelte.

»Wir sollten es jedenfalls zur Anzeige bringen«, schlug Herr Blomberg vor. »Ich habe nämlich gehört, dass gegen den Dieb bereits ermittelt wird.«

»Ach, das glaubst du doch selber nicht«, erwiderte Frau Zwiebelgeschnittner abfällig. »Um die paar Mistviecher werden die hier doch nicht solch ein Aufhebens machen.«

Ja, das befürchtete Hanna auch. Und darum lag die ganze Angelegenheit weiterhin allein in ihrer Hand. Gleich heute Nacht würde sie einen zweiten Versuch starten. Mit oder ohne Leonie.

Der zweite Versuch und ein Rumpeln im Schuppen

Das kleine Gänseküken wollte Musik hören. Und zwar immer nur Henriks Scheibe. Dann war es glücklich, zwitscherte und flötete und wackelte um Hanna herum.

»Du bist wirklich zu blöd«, sagte sie zu ihm und nahm es auf ihren Schoß. Sofort machte es einen langen Hals und blickte Hanna schräg von der Seite an. »Und wenn ich heute Abend wieder losgehe, um den Florian zu stellen, dann wirst du gefälligst hier bleiben.«

Das Küken zwitscherte etwas, sprang von ihrem Schoß herunter und hackte auf dem Kassettenrekorder herum.

»Nein, ich mache ihn nicht lauter. Kommt überhaupt nicht in Frage.«

Ebenso entschlossen war Hanna auch, was diese alte, löcherige Holzkiste betraf, die in einer Ecke des Schuppens herumstand. Die würde sie nämlich heute Abend über ihre Gans stülpen, damit sie ihr nicht wieder hinterherlaufen konnte.

Leonie verweigerte diesmal allerdings ihre Mithilfe.

»Wie soll ich ihn denn alleine überwältigen?«, hatte Hanna sie gefragt, aber Leonie war stur geblieben. »Das solltest du lieber der Polizei überlassen.«

Nee, nee. Hanna schüttelte heftig ihren Kopf. Langsam fragte sie sich schon, wieso sie ausgerechnet mit Leonie so gut befreundet war. Dauernd hatten sie

Streit. Und ein bisschen mehr Mumm in den Knochen hätte die Freundin auch vertragen können.

Aber an diesem Tag schienen sich ohnehin alle gegen sie verschworen zu haben. Abends wurde sie von ihrer ganzen Familie so gut umsorgt wie schon lange nicht mehr, sodass an ein heimliches Verschwinden fast gar nicht zu denken war. Ständig fragte einer, ob es ihr gut ginge und ob sie noch etwas essen, trinken, Mikado oder UNO spielen wollte.

»Nein, wirklich nicht«, hatte sie immer wieder antworten müssen und gegen Viertel nach sieben dann beschlossen, nach oben zu gehen. Sie lächelte einmal freundlich in die Runde und machte sich auf den Weg in ihr Zimmer – mit ihrer Mutter im Schlepptau.

»Was ist?«, fragte sie. »Willst du jetzt etwa auch noch meine Zahnbürste halten?«

Frau Blomberg zuckte mit den Schultern und erwiderte: »Ich dachte nur … Also, gute Nacht, mein Spatz.«

Noch ein Küsschen, und Hanna konnte endlich in ihrem Zimmer verschwinden. Dort wartete sie ungefähr eine Viertelstunde und schlich dann wieder nach unten, mit dem Ergebnis, dass sie gleich auf dem Flur von ihrem Vater abgefangen wurde.

»Nanu? Wolltest du nicht längst im Bett liegen? Und jetzt bist du noch nicht einmal ausgezogen.«

»Ja … äh.« Hanna fing an zu stottern.

»Du kannst nicht schlafen, stimmt's? Es ist noch zu früh und außerdem kannst du auch später nicht einschlafen, hab ich Recht?«

Hanna runzelte die Stirn. Und er schlang die Arme um sie und zog sie zärtlich an sich.

»Und überhaupt schläfst du sowieso sehr schlecht, nicht wahr?«

Was redete er da nur für einen Schwachsinn?

Hanna gab auf. Sie hatte keine Ahnung, was auf einmal mit ihren Eltern los war, aber sie ahnte, dass sie im Augenblick nicht den kleinsten Fitzel einer Chance hatte, unbemerkt aus dem Haus zu kommen. Sie drückte ihrem Vater einen Kuss auf die Nase. »Gute Nacht, Papi.«

Dann würde sie eben erst losziehen, wenn alle im Bett waren. Auch egal. Und den Florian dann nicht direkt beim Klauen erwischen, sondern erst, wenn er mit ein paar Kaninchen unter seinem Hemd vor dem Fachwerkhäuschen seiner Eltern erschien.

Zur selben Zeit, als Hanna das dachte, war Florian bereits mitten im Dorf. Er bog in die Waldgasse ein, die ein Stück weiter oben in die Hauptstraße mündete, die wiederum am Grundstück der Zwiebelgeschnittners vorbeiführte.

Hanna Blomberg und ihre Kaninchen waren Florian nämlich nicht mehr aus dem Kopf gegangen. Wenn er selber der Hasendieb wäre, würden diese Tiere dann nicht eine ungeheuere Verlockung für ihn sein? Ganz bestimmt, hatte Florian gedacht und eine Weile seinen kleinen grauen Stein befühlt. Und dann hatte er plötzlich gewusst, dass in dieser Nacht etwas geschehen würde.

Die Straße führte etwas bergauf, sodass Florian kurz vor seinem Ziel erst einmal ein wenig verschnaufen musste. Dann ging er auf die Hecke zu und spähte in Hannas Garten. Es war niemand zu sehen. Die Kaninchen hockten eng aneinander gedrängt in ihrem Gehege und mümmelten mit geschlossenen Augen vor sich hin. Das kleine verrückte Küken, das ihn gestern in die Wade gezwickt hatte, sah er nicht. Zum Glück!

Florian bog ein paar Zweige auseinander und zwängte sich in den Garten. Er hielt die Luft an und rannte zur Rückseite des Schuppens. Ganz oben unter dem Wellblechdach war ein kleines Sprossenfenster. Aber dort würde er sicher nicht hindurchpassen. Also schlich er tief gebückt um den Schuppen herum bis zu dessen Vorderseite und warf einen prüfenden Blick auf das Wohnhaus. Die Hintertür war geschlossen. Bisher schien ihn niemand bemerkt zu haben.

Florian legte seine Hand auf die rostige Klinke der Schuppentür und drückte sie herunter. Mit einem knarzenden Geräusch sprang die Tür auf und Florian verschwand im Schuppeninneren.

Es dauerte eine Ewigkeit, bis endlich alles still war, und Hanna hatte große Mühe nicht einzuschlafen. Sie dachte an ihre geraubten Mümmelohren. Ob der Florian ihnen überhaupt genug zu fressen gab? Karotten zum Beispiel und nicht nur einfaches, schnödes Gras? Wut stieg in ihr hoch. Na, dem würde sie die Ohren schon noch richtig lang ziehen. Mindestens so lang wie Hasenohren.

Sie erhob sich leise von ihrem Bett und schlich zur Zimmertür, öffnete sie einen Spalt und lauschte.

Stille. Nur das Geschnarche von ihrem Vater war zu hören und bis auf die paar Nachtlichter in den Steckdosen war alles dunkel.

Hanna schaffte es nach unten zu kommen, ohne dass die alte Holztreppe auch nur das leiseste Knarren von sich gab. Vorsichtig zog sie ihre bunte Strickjacke vom Garderobenhaken und tapste an der Küche vorbei zur Haustür.

»Wohin um diese Zeit?«

Hanna zuckte zusammen, als plötzlich die tiefe Stimme ihres Großvaters aus der Küche ertönte. Wenn sie Glück hatte, dann saß er einfach nur da und träumte und redete im Schlaf vor sich hin. Aber sie hatte kein Glück.

»Entschuldige. Schlafwandler soll man ja eigentlich nicht ansprechen«, sagte er und zog an seiner Pfeife, was Schlafende niemals tun würden.

»Opa ...«, stotterte Hanna. »Wieso bist du denn nicht im Bett?«

»Ich wollte meine Luftbüchse putzen. Außerdem habe ich noch einen ganzen Korb voller Servietten zu bügeln.«

»Was? So spät noch!«

Herr Zwiebelgeschnittner sah auf die Uhr und brummte.

»Na, wenn junge Damen um diese Zeit noch ausgehen, dann werde ich doch wohl auch putzen und bügeln dürfen.«

»Machst du das öfter?«

Hanna hielt es für das Beste, wenn sie ab jetzt die Fragen stellte, vielleicht vergaß er dann ja, dass sie um diese Zeit nichts in der Küche zu suchen hatte. Jedenfalls nicht in Strickjacke, Turnschuhen und Jeans.

»Nein«, antwortete er. »Aber ich wusste nicht, wie ich mir hier sonst die Zeit vertreiben sollte.«

»Wieso? Wartest du denn auf was?«

Herr Zwiebelgeschnittner polierte mit einem weichen Tuch den Lauf und steckte das Luftgewehr dann zurück in sein Lederfutteral.

»Jetzt nicht mehr«, sagte er lächelnd, lehnte sich zurück und entzündete seine Pfeife neu. »Jetzt bist *du* ja hier.«

Hanna erstarrte.

»Und du bist nicht mondsüchtig. War ja sowieso nur ein Scherz von mir. Aber die anderen drei da oben, die machen sich ernsthafte Sorgen deswegen.« Er erhob sich mit leicht gebücktem Rücken von seinem Stuhl. »Aber nun ist ja alles in Ordnung.« Er sah sie zwinkernd an. »Du brauchst mir nur noch zu sagen, wo du hinwolltest, und ich kann endlich ins Bett.«

»Ich?«, stotterte Hanna.

»Ist denn sonst noch jemand hier?«, fragte Herr Zwiebelgeschnittner.

Hanna stöhnte. Doch zum Glück fiel ihr gleich eine gute Erklärung ein.

»Ich wollte nur nach meinem Küken schauen«, log sie. »Das mache ich manchmal.«

»Ahaaaa!«, machte Herr Zwiebelgeschnittner, dem

nun die veränderten Schlafgewohnheiten seiner Enkelin erklärbar erschienen.

Hanna grinste und war wirklich stolz auf sich.

»Hast du denn Angst, dass es dir fortläuft?«

»Ja, nein, ich weiß auch nicht. Ich muss eben dauernd an das Küken denken.«

»Gut«, sagte ihr Großvater. »Ich sehe ein, es braucht ein eigenes Gehege. Und einen kleinen Stall.«

»Einen Stall hat es schon. Die alte Kiste in deinem Schuppen. Die habe ich einfach umgedreht. Und jetzt wollte ich nachschauen, ob es überhaupt genug Luft darunter bekommt.«

»Ach, die alte Kiste. Die hat doch tausend Löcher!«, rief Herr Zwiebelgeschnittner und legte einen Arm um seine Enkeltochter. »Da schläft es sicher wunderbar. Und demnächst baue ich auch noch eine kleine Klapptür ein.« Er zog sie mit sich die Treppe herauf. »Trotzdem mag ich es nicht, wenn du dauernd im Schuppen herumschnüffelst.«

»Aber Opa! Du hast doch wohl keine Geheimnisse!«

»Nein. Aber du hast dir schon oft genug etwas ausgeliehen, was ich wenig später dringend gebraucht habe.«

Hanna sah die Sache natürlich ganz anders. In ihren Augen gehörte der Schuppen mit allem, was sich darin befand, der ganzen Familie und außerdem hatte sie bestimmt immer gefragt, wenn sie etwas haben wollte.

»Dann werde ich ihn in Zukunft eben abschließen,

wenn du so uneinsichtig bist«, sagte Herr Zwiebelgeschnittner.

Hanna seufzte und verschwand in ihrem Zimmer. Sie traute sich jetzt nicht mehr, noch einen dritten Versuch zu starten. Außerdem war sie gähnend müde und der Florian nach seiner Tour sicher längst wieder zu Hause.

Doch da täuschte Hanna sich. Florian hockte nämlich immer noch im Schuppen der Zwiebelgeschnittners. Er hielt die Tür einen Spalt weit geöffnet und ließ das Kaninchenlaufgitter nicht aus den Augen. Eine der Straßenlaternen warf ein fahles Licht in den Garten, sodass er genügend sehen konnte.

Mittlerweile war es fast Mitternacht und Florian gähnte ausgiebig. Er fragte sich, ob seine Eltern ihn wohl schon vermissten. Vielleicht sollte er doch lieber wieder nach Hause gehen, bevor sie unnötigerweise die Polizei alarmierten. Da sah er plötzlich eine Gestalt, die von der Straße aus in den Garten spähte. Sie sah sich nach allen Seiten um, hob einen großen Gegenstand über den Zaun, schwang sich ebenfalls in den Garten und lief geduckt auf das Hasengehege zu.

Florian klopfte das Herz bis zum Hals. Was sollte er tun? Lärm machen? Schreien? Damit würde er zwar Hanna Blombergs Kaninchen retten, aber den Dieb nur warnen. Florian rieb sich kurz die Augen und riss sie anschließend weit auf. Aber er konnte das Gesicht der Gestalt, die auf das Laufgitter zuschlich, nicht erkennen.

Und dann tauchte noch jemand auf. Ein Mann, der vom Haus her kam und durch den Garten zielstrebig auf den Schuppen zulief.

Das muss Hannas Großvater sein, dachte Florian entsetzt, stolperte ins Innere zurück und duckte sich hinter eine Schubkarre. Er hörte, wie sich jemand an der Tür zu schaffen machte und dabei etwas vor sich hin brummte. Dann wurde die Tür zugedrückt und gleich anschließend gab es ein Geräusch, das sich wie das Herumdrehen eines Schlüssels anhörte.

Oh nein, bitte nicht!, flehte Florian leise.

Er erhob sich wieder und wartete ein paar Minuten. Dann sprang er auf die Tür zu und drückte die Klinke herunter. Aber es tat sich nichts. Er fluchte und rappelte nun heftiger an der Klinke. Doch die Tür blieb verschlossen.

»Und? Wie war's?«

»Gar nix war«, erwiderte Hanna und erzählte Leonie von ihren Missgeschicken des vergangenen Abends. Die Freundin verschränkte ihre Arme hinter dem Kopf und ließ sich rücklings ins Gras fallen.

»Na, dann habe ich ja den richtigen Riecher gehabt.«

»Ach!«, schrie Hanna wütend. »Wie wär's denn, wenn *du* den Florian überführen würdest, wenn du angeblich so eine feine Nase hast?!«

»Jetzt sei bloß nicht gleich wieder sauer«, sagte Leonie. »Aber du hast doch selber gesehen, dass diese nächtlichen Aktionen überhaupt nichts bringen. Wir sollten das lieber der Polizei überlassen.«

»Die macht doch sowieso nichts.«

Hanna winkte ab. Dann horchte sie plötzlich auf. Ein klopfendes Geräusch hinter ihr ließ sie herumfahren.

»War da nicht eben was?«

»Wo?«, fragte Leonie zurück.

»Na, im Schuppen.«

»Ist bestimmt dein Opa. Wer sonst?!«

Ja, wer sonst? Vielleicht war er ja schon dabei , diese Klapptür für den Gänsekistenstall zu bauen.

»Komm.« Hanna stupste Leonie an. »Sehen wir mal nach.«

Sie liefen auf die Schuppentür zu.

»Opa?«, rief Hanna und drückte die Klinke herunter. Aber die Tür war verschlossen.

»Komisch«, fand Leonie.

In der Tat. Dann war die Drohung ihres Großvaters also kein Scherz gewesen. Hanna runzelte die Stirn.

»Ich bin mir aber ziemlich sicher, dass das Geräusch hier rausgekommen ist.«

»Geräusche kommen nirgendwo heraus. Geräusche haben nämlich keine Beine.«

Es war Herr Blomberg, der plötzlich neben den beiden Mädchen stand. Hanna sah ihn an.

»Bist *du* etwa da drin gewesen?«

»Klar«, erwiderte ihr Vater lächelnd. »Ich habe mich gerade durch das kleine Sprossenfenster auf der Rückseite herausgequetscht.«

Seine Tochter starrte auf seinen in den letzten Jahren etwas rundlich gewordenen Bauch und sagte:

»Hast du nicht.«

»Vielleicht ist da drin ja was umgefallen«, überlegte Leonie.

Herr Blomberg zuckte die Achseln. »Schon möglich.«

»Wo ist denn eigentlich Opa?«, fragte Hanna.

»Schießen«, sagte ihr Vater.

Aber Hanna hörte das schon gar nicht mehr. Sie war um den Schuppen herumgerannt und kletterte kurz entschlossen auf den Jägerzaun. Während sie sich vorsichtig aufrichtete, hielt sie sich an ein paar Zweigen vom Haselbusch fest und versuchte durch die Scheibe in den Schuppen zu spähen.

»Zu dreckig«, sagte sie schließlich und sprang ihrem Vater und Leonie vor die Füße. Im gleichen Moment rumpelte es drinnen noch einmal.

»Wo ist dein Küken?«, fragte Herr Blomberg, weil er glaubte, damit eine Erklärung gefunden zu haben.

»Keine Ahnung.«

Doch dann fiel Hanna ein, dass es wahrscheinlich noch immer unter der morschen Holzkiste neben dem Kaninchenlaufgitter hockte, weil sie es dort bedauerlicherweise total vergessen hatte.

»Jedenfalls nicht im Schuppen«, fügte sie deshalb einschränkend hinzu.

»Woher willst du das denn so genau …«, fing ihr Vater an, aber weiter kam er nicht, weil auf einmal jemand im Schuppen ganz fürchterlich um Hilfe schrie. Und das konnte nun wirklich nicht die kleine Gans sein.

»Wie kommt denn der da rein?«, rief Hanna.

»Und vor allem, wie kommt er da wieder raus?«, fragte Herr Blomberg.

»Wir brechen die Tür auf«, schlug seine Tochter vor.

Doch das war gar nicht so einfach. Obwohl Hannas Vater sich mit seinem ganzen Gewicht dagegen stemmte, bewegte sich die schwere Holztür nicht einen Millimeter. Er nahm drei Schritte Anlauf und rammte seine Schulter dagegen.

»Papa, die geht doch nach außen auf«, sagte Hanna plötzlich.

»Hätte dir das nicht früher einfallen können?«, brummte ihr Vater und hielt sich jammernd die schmerzende Schulter.

Leonie hatte eine andere Idee.

»Wer bist du denn da drinnen?«, rief sie und bekam sogar eine Antwort.

»Ich bin es doch. Florian.«

Es dauerte noch über eine Stunde, bis Herr Zwiebelgeschnittner endlich vom Luftgewehrschießen wieder nach Hause kam. In der Zwischenzeit waren Florians Hilferufe in ein beständiges leises Stöhnen übergegangen und Herr Blomberg hatte sich von seiner Frau einen kühlenden Verband um seine ramponierte Schulter legen lassen. Dann hatte er es sich im Liegestuhl mit einem Glas Ingwerlimonade bequem gemacht und beobachtete das Treiben der beiden Mädchen und des Gänsekükens, das Hanna inzwischen aus der Holzkiste herausgelassen hatte.

»Geschieht ihm nur recht«, schimpfte Hanna. »Wieso stiehlt er auch anderer Leute Kaninchen.«

»Wir wissen doch gar nicht genau, ob er das überhaupt gewesen ist«, erwiderte Leonie.

»Wer denn sonst?«

Die Freundin zuckte mit den Schultern und gab zu bedenken, dass schließlich eine ganze Menge Leute im Dorf lebten. Jeder von ihnen konnte der Dieb sein.

»Quatsch!«, sagte Hanna. Das kleine Gänschen schnäbelte ihr wie zur Bestätigung am Kinn herum. »Siehst du«, fuhr sie fort. »Die Blaumütze findet das auch.«

»Wieso hast du sie denn jetzt auf einmal doch so genannt?«, fragte Leonie abfällig. »Wenn sie ihre Kappe sowieso nie trägt.«

»Das ist ja wohl meine Sache!«

»Ja, klar. Und du hast immer Recht!«

Der allerbeste Streit war mal wieder perfekt und Leonie hätte sich am liebsten demonstrativ davongemacht. Aber sie war viel zu neugierig, was es mit dem stöhnenden Florian, aus dem ansonsten kein Wort herauszukriegen war, auf sich hatte.

»Wahrscheinlich liebst du ihn heimlich«, sagte Hanna.

»Wen?«

»Na, den widerlichen Strauchdieb da drinnen.«

Sie deutete mit ausgestrecktem Zeigefinger so heftig auf den Schuppen, als wollte sie den Florian erstechen.

»Blöde Kuh! Du bist ja nur sauer, dass Henrik Nissen dich nicht geküsst hat.«

Das war zu viel. Hanna stürzte sich auf ihre Freundin und zog sie mit aller Macht an den Haaren. Leonie brüllte und stieß Hanna ein Knie in den Bauch, woraufhin Hanna ihr kräftig in die Nase kniff. Und zu guter Letzt riss Leonie Hannas T-Shirt am Rücken vom Halsausschnitt abwärts in zwei Teile.

»Und da soll noch einmal jemand behaupten, Mädchen seien anders als Jungen«, sagte Herr Blomberg in aller Ruhe von seinem Kinoliegeplatz aus. Seine Frau, die ihm gerade Limonade nachschenkte, blickte missbilligend auf ihn hinunter.

»Der einzige Unterschied ist, dass sie wegen vollkommen unwichtiger Dinge aufeinander einschlagen«, beendete er seine Ausführungen.

Frau Blomberg hörte gar nicht mehr damit auf, ihm Limo nachzuschenken. Sie füllte die gesamte Flasche in sein kleines Glas, sodass gut die Hälfte des Inhalts über seine Lieblingshose floss. Fluchend sprang er in die Höhe, um gleich darauf wieder jammernd zurückzufallen, weil er dummerweise seine schmerzende Schulter vergessen hatte.

»Ich finde es allerdings auch ein bisschen übertrieben, dass ihr euch immer gleich so zerkratzen müsst«, sagte Frau Blomberg zu Hanna und verschwand mit einem kleinen Schmunzeln im Haus.

Kurz darauf spazierte Herr Zwiebelgeschnittner fröhlich vor sich hin pfeifend durch die Gartenpforte. Als wäre er in einen Eimer voller Sekundenkleber getreten, blieb er plötzlich stehen und blickte zuerst auf die zerzausten Freundinnen zu seinen Füßen und dann auf seinen Schwiegersohn, dessen Hose den Eindruck machte, als habe er gerade erst hineingepinkelt.

»Was ist denn hier los?«

Hanna strich sich eine Strähne aus dem schwitzenden Gesicht und presste hervor: »Der Florian ist im Schuppen eingesperrt.«

»Das erklärt natürlich alles«, knurrte ihr Großvater und zog einen kleinen rostigen Schlüssel aus seiner Hosentasche hervor.

»Nun schließen Sie doch endlich auf, Herr Zwiebelgeschnittner!«, rief Leonie ungeduldig. Hanna warf ihr kaputtes T-Shirt ins Gras und klemmte sich an den Arm ihrer Freundin.

»Ja, nun mach schon.«

Kurz darauf war die Schuppentür geöffnet. Die drei stürzten los und entdeckten den Florian unter einem Stapel Holzstücke, die offensichtlich bei seinem Versuch, das kleine Sprossenfenster zu erklimmen, auf ihn niedergeprasselt waren. Hastig stießen Hanna und Leonie ein paar Holzscheite zur Seite. Dann fasste Herr Zwiebelgeschnittner Florian unter den Achseln und zog ihn komplett darunter hervor.

»Hast du dir wehgetan?«

Diese Frage war eigentlich überflüssig, denn Florian hatte einige Schürfwunden im Gesicht und eine dicke Beule auf der Stirn.

»Geschieht dir ganz recht!«, wiederholte Hanna und verlangte, dass er umgehend den Ort nannte, an dem er die Karnickel versteckt habe.

»Ich hab sie nicht«, sagte er leise und fiel anschließend in Ohnmacht.

»Das ist nur die Erschöpfung«, erklärte Frau Blomberg, die inzwischen herbeigeeilt war. »Der kommt gleich wieder zu sich.«

Hanna aber steckte sich eine Mohrrübe in den Mund und sah Leonie muffig an. Es konnte doch wohl nicht sein, dass sie sich so geirrt hatte. Oder?

Ein Superdetektiv, ein unfähiger Beamter und eine tolle Idee

»Warum isst du denn nichts?«, fragte Frau Nissen. »Schmeckt es dir nicht?«

Henrik, der die ganze Zeit mit Messer und Gabel in den Händen gedankenverloren vor sich hin gestarrt hatte, sah seine Mutter erstaunt an.

»Doch, Mama, klar.«

»Aber du hast kaum etwas angerührt.«

»Mama«, sagte er. »Ich habe keinen Hunger. Außerdem muss ich noch lernen.«

»In den Ferien?« Frau Nissen schüttelte den Kopf.

»Physik«, erwiderte Henrik. »Ich möchte da im Sommer keine Fünf bekommen.«

Jetzt war es Frau Nissen, die reichlich verwundert guckte. Henrik sah schnell weg. Schließlich wusste seine Mutter genau, dass es ihm ziemlich egal war, was er für Noten hatte. Er spürte geradezu, dass sie etwas entgegnen wollte. Aber dann sagte sie doch nichts mehr. Vielleicht, weil sie befürchtete, seinen plötzlichen Eifer zu bremsen.

Henrik war erleichtert. Er stand auf, nahm die Bratwurst von seinem Teller und biss hinein.

»Ich nehme sie mit runter.«

Seine Mutter seufzte und nickte.

Und so rannte Henrik mit der Wurst in der Hand aus der Haustür die Außentreppe runter in sein Zimmer. Dort kramte er seinen Plan aus der Tischschublade und zeichnete mit einem roten Stift die Route ein.

Die Zeichnung war inzwischen fast vollständig. Er musste nur leider noch ein drittes Mal zu dieser blöden Hanna Karotte, da ihm ihr Opa in der letzten Nacht in die Quere gekommen war. Und dann noch zu den Obsthubers, den Kramers und den Pottnicks. In drei Tagen sollte die große Tour starten. Das war eng, aber es war zu schaffen.

Henrik schob die Zeichnung wieder in die Schublade zurück, nahm die Tüte mit den Vogelkörnern aus dem Regal und schüttete ein wenig davon in jeden Karton. Er zählte noch einmal durch und nickte zufrieden. Zweiundzwanzig Hopser hatte er mittlerweile schon so ganz nebenbei ergattert.

»Tierversuche«, erwiderte Florian auf Hannas Frage, was die Diebe wohl mit den Kaninchen machen wollten. »Was sonst?«

»Pelzmäntel«, schlug Leonie vor.

Aber Florian schüttelte den Kopf. »Das glaube ich nicht. Das sind doch alles ganz einfache Hasen.«

»Was soll das denn heißen?«, rief Hanna erbost, obwohl sie ganz genau wusste, wie er das meinte.

Florian war vor einer guten halben Stunde auf Frau Zwiebelgeschnittners Sofa aus seiner Ohnmacht erwacht. Und nun saßen die drei Kinder mit einem Glas Limonade im Gras und warteten auf Florians Vater, der versprochen hatte, ihn mit dem Auto abzuholen. Glücklicherweise hatten seine Eltern gar nicht bemerkt, dass Florian über Nacht fort gewesen war, sondern sich erst am Morgen gewundert, wieso er schon vor dem Frühstück aus dem Haus gegangen war. Natürlich hatten sie schon bald angefangen, sich Sorgen zu machen, und waren nun heilfroh, dass ihm nichts zugestoßen war.

Florian zuckte mit den Schultern. »Dass für Tierversuche eine Menge Mäuse, Ratten, Kaninchen und so weiter gebraucht werden, ist doch allgemein bekannt«, sagte er. »Die brauchen ständig Nachschub.«

Schlaumeier!, dachte Hanna, aber er hatte ja Recht.

»Und dass es diese Tierfänger gibt, ist ebenfalls eine Tatsache.«

»Aber hier! Bei uns?« Hanna war skeptisch.

»Klar, wieso nicht?!«, meinte Florian und machte

eine weit ausschweifende Armbewegung. »Hier läuft doch schließlich jede Menge Viehzeugs herum.«

»Viehzeugs«, wiederholte Leonie. »Du tust ja gerade so, als würden die ganze Kuhherden klauen.«

Er grinste. »Natürlich nicht.«

»Och, die Ratten könnten sie meinetwegen ruhig alle einsammeln«, ertönte die Stimme von Hannas Mutter hinter ihnen. Sie kam gerade mit einer neuen Limoflasche vom Haus herüber.

»Ein Verbrechen ist ein Verbrechen. Da gibt es keinen Unterschied«, entgegnete Florian.

»Und außerdem ist ein Tier ein Tier. Da gibt es auch keinen Unterschied«, sagte Hanna, obwohl sie Ratten genauso wenig ausstehen konnte wie ihre Mutter. Sie sah Florian an. »Was machen die überhaupt mit denen?«

»Tests für Kosmetikzeugs und so. Sie träufeln es in ihre Augen und sehen dann, wie doll es die Haut reizt.«

»Die Haut?«, sagte Leonie empört. »Aber ich schmiere mir meine Creme doch gar nicht in die Augen.«

»Na ja, aber wenn ein Kaninchenauge davon nicht rot wird oder sich entzündet, dann kann die normale Haut das ja auf jeden Fall vertragen.«

»Das tut doch tierisch weh«, murmelte Hanna. »Ich kann mir nicht vorstellen, dass jemand so was macht.«

»Sie haben schließlich auch das Ozonloch gemacht«, erwiderte Leonie.

»Ja, aber das kann man nicht sehen, außer mit Spezialgeräten. Und außerdem schreit es nicht.«

»Kaninchen schreien auch nicht«, entgegnete Florian. »Das ist ja so praktisch daran.«

»Gemeinheit!«, schnaufte Leonie. Sie hatte ihre Arme um die Knie geschlungen und starrte vor sich hin.

Hanna seufzte und griff sich eines ihrer Löffelohren aus dem Laufgehege. Sie setzte es auf ihren Schoß und kraulte es zärtlich. Plötzlich kniff sie ihre Augen zu und das Karnickel mit aller Kraft in den Nacken.

»Bist du verrückt geworden?!«, schrie Leonie.

Das Kaninchen blieb stumm. Es sah nur für einen Moment so aus, als hätte es die Luft angehalten. Dann mümmelte es hektisch weiter und versuchte von Hannas Schoß herunterzuspringen.

»Verzeih mir bitte«, flüsterte sie. »Aber ich musste es einfach wissen.«

»Gemeinheit«, sagte Leonie noch einmal.

»Ich hab doch gesagt, ich *musste* es wissen!«, brüllte Hanna sie an.

»Dich mein ich doch gar nicht.« Leonie schüttelte ihre blonde Mähne. Und Hanna blickte ihrer Freundin zornig in die blauen Augen. »Verdammt! Was sollen wir nur tun?«

»Wir könnten Zettel verteilen«, schlug Leonie vor.

Die beiden anderen sahen sie fragend an.

»Na ja. Da steht dann drauf, dass vermutlich Tierfänger unsere Mümmelmänner stehlen und wir deshalb empfehlen, dass jeder seine Tiere gut wegschließt.«

»Karnickelknast«, erwiderte Hanna abfällig.

»Außerdem machen sie dann im nächsten Ort weiter«, meinte Florian. »Nein, ich finde es schon besser, wenn sie geschnappt werden.«

Hanna nickte und Tränen stiegen ihr in die Augen, als sie sich vorstellte, wie ihren eigenen kleinen Löffelhopsern so eine ätzende Kosmetikflüssigkeit in die Augen geträufelt wurde. »Genau. Wir müssen sie kriegen. Und zwar schnell«, sagte sie.

Frau Zwiebelgeschnittner kniete auf dem Fußboden und fuchtelte mit einem Staubwedel Wollflusen unter dem Wohnzimmerschrank hervor. »Ich finde, man schnüffelt nicht in anderer Leute Gärten herum«, brummte sie.

Herr Zwiebelgeschnittner legte sorgfältig eine frisch gebügelte Serviette zusammen und nickte.

»Ja, geschieht ihm ganz recht, dass ich ihn eingeschlossen habe.«

»Du hast es also mit Absicht getan«, rief Hanna.

»Dummes Zeug. Ich hatte doch keine Ahnung, dass der Junge da drin hockt. Und du weißt schließlich genau, warum ich es gemacht habe.«

Ja, ja, dachte Hanna und überlegte, was ihre Großmutter wohl dazu sagen würde, wenn sie wüsste, dass Hanna auch schon durch fremde Gärten gestiefelt war.

»Und wenn die Polizei in bestimmten Fällen nichts unternimmt?«, fragte sie.

»Du meinst wie hier im Falle der Kaninchendiebstähle?« Herr Blomberg seufzte und tätschelte seiner Tochter den Rücken. »Das ist aber immer noch kein Grund, bei anderen einzubrechen.«

»Jetzt übertreib mal nicht«, sagte Hannas Mutter, die gerade dabei war, die neue ultramoderne Küchenmaschine, die der Paketbote am Vormittag gebracht hatte, zusammenzubauen. »Der Junge war doch nur im Schuppen.«

»Was hast du da überhaupt wieder bestellt?«, fragte Herr Blomberg.

»Natürlich mal wieder irgend so eine neumodische Küchenhilfe«, brummte Frau Zwiebelgeschnittner. Sie pulte die Wollflusen aus dem Wedel und steckte sie in ihre Schürzentasche. Dann erhob sie sich umständlich und rieb sich stöhnend über die Knie.

»Wenn du den Staubsauger nehmen würdest, dann könntest du diese Arbeit im Stehen erledigen und dir diese Schmerzen ersparen«, sagte Hannas Mutter.

»Unsinn«, erwiderte Frau Zwiebelgeschnittner und zeigte auf die neue Küchenmaschine. »Und das Ding da, das rühre ich auch nicht an. Wenn man dort eine Karotte reinsteckt, wer weiß schon, was am Ende dabei herauskommt.«

»Zum Beispiel Karottensaft«, sagte Frau Blomberg lächelnd. »Dieses Ding hier ist doch kein Entmaterialisierer aus irgendeinem intergalaktischen Andromedagestirn.«

»Das kann man bei dir nie wissen«, murmelte Herr Blomberg.

Hanna stöhnte. Diese blöde neue Küchenmaschine

interessierte sie nun wirklich nicht. Es sei denn, man konnte Kaninchendiebe damit fangen.

Ihr Vater lachte. »Es gibt ja wohl Verbrechen, die dringender aufgeklärt werden müssen.«

»Zum Beispiel?«, wollte Hanna wissen.

»Zum Beispiel einen Einbruch in der Bank.«

»Den gab's schon ewig nicht mehr!«, rief Hanna. »Und außerdem geht's dabei doch nur um Geld.«

»Und hier geht's nur um Kaninchen.«

»Die fürchterlich gequält werden.«

»Das weißt du doch gar nicht. Vielleicht werden sie wirklich nur geschlachtet«, sagte er mit einem kurzen Blick auf seine Schwiegermutter.

Die ganzen Nurs gingen Hanna auf den Geist. Für sie stand fest, dass ein Mümmelhase mehr wert war als ein paar blöde Geldscheine. Die Polizei würde für die geklauten Kaninchen aber wahrscheinlich nicht einmal den kleinen Zeh in Bewegung setzen. Es half also nichts. Hanna musste sich Florian anschließen und gemeinsam würden sie die Gauner schon stellen.

»Ich habe ihn ja selbst gesehen«, sagte Florian zu Hanna. »Gestern Nacht in eurem Garten.«

»Nur erkannt hast du ihn blöderweise nicht.«

»Ich glaube sowieso nicht, dass das einer hier aus dem Dorf macht«, erwiderte Florian.

Sie saßen nebeneinander in seinem Zimmer auf dem Bett und versuchten sich einen Plan auszudenken, wie sie den Dieb überwältigen konnten.

»Zu zweit ist das doch überhaupt kein Problem«, sagte Hanna.

Aber Florian schüttelte den Kopf.

»Erstens«, sagte er, »kann ich jetzt nachts nicht mehr so einfach weg, weil meine Mutter wahrscheinlich jeden Abend hundertmal nachguckt, ob ich auch wirklich im Bett liege.«

»Und zweitens?«

»Ist es bestimmt nicht nur einer.«

»Woher willst du das denn so genau wissen?«

»Das habe ich im Gefühl.«

Hanna verdrehte die Augen, ohne dass Florian es mitbekommen konnte. Vorhin hatte er ihr die Geschichte mit diesem grauen Stein aus Schweden erzählt. Doch sie hielt das Ganze für glatten Unsinn.

»Ich spüre überhaupt nichts«, sagte sie und legte den Stein, den sie ein paar Minuten in der Hand gehalten hatte, auf den Nachttisch zurück.

»Für so was braucht man eben einen besonderen Sinn«, entgegnete Florian.

Kann sein, dachte Hanna und sagte: »Überleg dir lieber mal mit deinem *Kopf*, was wir jetzt mit den Kaninchenklauern machen.«

Er nickte. »Na, weiter beschatten.«

»Wen denn? Wenn du keine Ahnung hast, wer die überhaupt sind.«

»Ich meine ja auch, wir müssen die Kaninchen beschatten.«

»Und welche?« Hanna kam die ganze Geschichte inzwischen ungeheuer kompliziert vor. Als sie noch glaubte, Florian müsse überwacht werden, war alles irgendwie einfacher gewesen.

»Deine. Bei dir ist er schließlich schon zweimal ... nein, dreimal gewesen. Und du hast immer noch sechzehn Stück. Was meinst du, wieso ich mich ausgerechnet in euren Schuppen auf Posten gesetzt habe?«, erklärte Florian. Er runzelte die Stirn und sah Hanna mit ernsten Augen an. »Das kannst du doch erst mal mit deiner Freundin alleine machen. Bis sich meine Eltern wieder beruhigt haben.«

»Leonie?«, sagte Hanna. »Die kannst du vergessen. Die traut sich nachts genauso wenig weg wie du.«

»Na ja«, murmelte Florian. Er nahm den Stein in seine Hand und strich mit den Fingern darüber. »Es wird sich schon zur rechten Zeit das Richtige ergeben.«

Der ist wirklich verrückt. Ein Spinner, dachte Hanna. Und wahrscheinlich hatte es überhaupt keinen Sinn, mit ihm zusammen einen richtigen Verbrecher zu verfolgen.

Leonie rümpfte die Nase. »Den kann man vergessen. Das habe ich doch schon immer gesagt. Ein Touri aus dem Norden ... Was hast du denn gedacht?«

Sie schob sich den Rest ihrer Eistüte in den Mund und quetschte sich gleichzeitig mit Hanna durch das enge Gartentor. Sie liefen am Schuppen vorbei und befreiten das Gänseküken aus seiner Kiste. Es blinzelte verschlafen, aber als Hanna den Kassettenrekorder einschaltete, fing es sofort an flötend im Kreis herumzutänzeln.

»Hört es eigentlich auf dich?«, fragte Leonie.

»Kann man nicht gerade sagen«, erwiderte Hanna. »Wenn ich huit-huit sage, dann flötet es ein bisschen. Und wenn ich komm-komm-komm sage, läuft es mir nach.«

»Aber das tut es doch sowieso.«

»Nicht, wenn diese Scheibe da läuft. Dann kann ich komm-komm-komm sagen, so viel ich will.«

Hanna kraulte ihm zärtlich den flusigen Kopf.

»Also hast du es noch immer nicht im Griff«, fasste Leonie zusammen.

Hanna seufzte. »Zur Not muss es halt in seinen Stall.«

»Und wenn die Schule wieder anfängt? Du kannst es doch nicht den ganzen Vormittag da drin lassen.«

»Das ist ja wohl meine Sache«, rief Hanna. Warum musste die Freundin nur ständig an ihr herummäkeln? Besonders, wenn es sich dabei um Dinge handelte, die längst geklärt waren.

»Kann denn dein Opa die Gans nicht rauslassen, sobald du von eurem Grundstück runter bist?«

Hanna sprang auf und stemmte die Fäuste auf ihre Hüften.

»Stell dir vor, genauso machen wir's!«, schrie sie Leonie an.

»Meine Güte! Was hast du wieder für eine Laune!«, stöhnte Leonie. »Da geh ich doch lieber heim und spiel mit Jocki.«

Sie machte einen Satz hinüber zum Kassettenrekorder und schob den Volumenregler auf volle Lautstärke.

»Du kannst ja inzwischen mit deiner blöden Gans ein bisschen abtanzen.«

Und schon war sie über den Gartenzaun geklettert und aus Hannas Blickfeld verschwunden.

Das ohrenbetäubende »dmpf-dmpf-dmpf-dmpf-dmpf« brachte Hanna allerdings auf eine Idee.

Henrik Nissen. Und wenn er noch so fies war! Und wenn er tausendmal ihr Blut zum Kochen brachte, während sich ihre Beine auf seltsame Weise in glibberige Weingummischlangen verwandelten ... Er war genau der Richtige.

Denn Henrik war groß und kräftig. Und bestimmt auch sehr mutig, mit ein bisschen Glück vielleicht sogar klug. Die Frage war nur, ob er einem Mädchen helfen würde.

Herr Zwiebelgeschnittner kannte sich mit elektronischen Geräten nicht besonders gut aus. Aber weil Hanna nun schon über eine Viertelstunde ununterbrochen flehte und bettelte, zog er endlich grummelnd den Schraubenzieher aus der Brusttasche seiner Latzhose und begann damit, den Fehler für die kaputte Lautstärkeregelung zu suchen.

Es dauerte nicht lange und es lagen mehr als zwölf Einzelteile vor ihm auf dem Küchentisch, die er nicht wieder zusammenbekam.

»Tja«, sagte Hanna. »Dann muss da jetzt wohl ein Fachmann ran.«

Sie grinste in sich hinein. Denn genau das gehörte zu ihrem Plan. Eigentlich hätte sie das Gerät auch selber auseinander schrauben können, aber sie hatte doch zu viel Angst gehabt, es damit endgültig zu ruinieren.

»Kennst du denn einen?«, fragte Herr Zwiebelgeschnittner. »Ich meine, außer dem Elektro-Schmiedinger.«

»Ich hoffe es«, erwiderte Hanna, packte sämtliche Einzelteile des Kassettenrekorders in eine Plastiktüte und rannte anschließend kreuz und quer durchs Dorf, in der Hoffnung, irgendwo auf Henrik Nissen zu stoßen.

»Dass du mir auch immer hinterherwatscheln musst, du dumme Trine«, beschimpfte sie ihr Küken. Die kleine Gans dabeizuhaben war natürlich das Peinlichste überhaupt, wenn sie Henrik mit ihrer Bitte unter die Augen treten musste. Aber sie hatte es auch nicht übers Herz gebracht, sie schon wieder unter der Holzkiste zu lassen. Und zum Dank dafür hing sie Hanna wieder einmal direkt an den Fersen, reckte ihren Hals heraus und zupfte an der Tüte.

»Das ist ganz und gar sinnlos«, zischte Hanna das Küken an. »Der Kassettenrekorder funktioniert nämlich sowieso nicht mehr.«

Aber wie immer ließ es sich auch diesmal nicht beirren.

»Sag mal, wie alt bist du eigentlich?« Das war einwandfrei Henrik Nissens Stimme. »Oder bist du etwa so zurückgeblieben, dass du immer noch so eine Babyente hinter dir herziehen musst?«

Das ist keine Ente!, dachte Hanna wütend. Doch bevor sie etwas sagen konnte, musste sie feststellen, dass Henrik noch gar nicht fertig war.

»... die außerdem noch nicht einmal besonders gut funktioniert?!«

Sie riss sich so sehr zusammen wie noch nie in ihrem Leben, versuchte sogar ein Lächeln und erwiderte:

»Ja, du hast Recht, sie nervt etwas.«

Henrik war auf einmal still und sein Grinsen verschwand. Er schien zu überlegen.

»Schlachten wäre das einzig Wahre.«

»Sie ist leider noch zu dünn«, sagte Hanna kühl und bat die kleine Gans innerlich sofort um Verzeihung. Aber sie hatte das Gefühl, dass dieser blöde Nissen tatsächlich irgendwie hilfsbereit sein konnte, wenn man es nur vorsichtig genug anstellte.

Leonie hatte ein verdammt schlechtes Gewissen. Trotzdem war sie davon überzeugt, dass sie das Richtige tat. Immerhin hatten sie es mit echten Verbrechern zu tun, die möglicherweise sogar bewaffnet waren. Für Kinder war die ganze Sache einfach zu gefährlich, auch wenn Hanna es nicht einsehen wollte.

Ein paar Minuten stand sie bereits vor dem langen Tresen und beäugte die beiden Beamten dahinter. Endlich kam der dickere von ihnen lächelnd auf sie zu.

»Junge Dame?«

»Meinen Sie mich?«

Er beugte sich über den Tresen und begutachtete den Fußboden. »Nein, sonst niemand da.«

»Wenn Sie mich verar… äh, auf den Arm nehmen wollen …«

Der Polizeibeamte kratzte sich über den rechten Wangenknochen.

»Na ja, weißt du, manchmal treiben sich hier ein paar Zwerge herum …«

»Sehr witzig«, sagte sie.

»Entschuldigung, war wohl nicht so gut.« Er hob seine Hände bedauernd nach oben und machte ein ernstes Gesicht. »Also, womit kann ich dir helfen?«

»Ich komme wegen meiner Freundin«, sagte Leonie.

»Hat sie was angestellt?«

»Nein.«

Der Beamte runzelte die Stirn.

»Nicht direkt«, sagte Leonie zögernd. »Aber sie ist kurz davor.«

»Aha! Und jetzt soll *ich* sie wohl davon abhalten, was?« Er klopfte mit der Spitze seines Kugelschreibers auf dem Tresen herum.

»Wissen Sie, es ist wegen der gestohlenen Kaninchen«, erklärte Leonie.

»Aha!«

Der Polizeibeamte richtete sich schnurgerade auf, klappte ein Stück des Tresens hoch und bat Leonie zu sich herein. Sie durfte auf einem Wippstuhl Platz nehmen und endlich alles erzählen. Und das, was sie sagte, hämmerte er im Zeitlupentempo in eine alte Schreibmaschine. Zwischendurch hob er immer wieder eine Hand, damit sie eine Pause machte, weil er nicht so schnell mitkam. Leonie wippte ein bisschen mit dem Stuhl und dachte an ihre Mutter, die so flugs tippen konnte, dass ihre Finger kaum noch auseinander zu halten waren.

Als alles berichtet, aufgeschrieben und noch einmal durchgelesen war, lächelte sie der Polizeibeamte freundlich an.

»Gut, aber was soll ich jetzt tun?«

Ehrlich gesagt, hatte Leonie von einem Polizisten wirklich mehr erwartet. »Wenn ich das selber wüsste, wäre ich doch nicht hierher gekommen.«

»Tja. Mir sind aber nun mal leider die Hände gebunden«, sagte er und zuckte mit den Schultern.

»Und ich dachte, die Handschellen sind nur für die Verbrecher da«, erwiderte Leonie bissig.

»Sehr witzig. Nein, aber ich kann doch wohl schlecht Tag und Nacht deine Hanna beschatten, nur weil die hin und wieder versucht, einen Hasendieb zu fangen.«

Wieso eigentlich nicht?, dachte sie und schwieg.

Der Beamte legte ihr grinsend einen Arm auf die Schulter. »Du musst halt immer schön über ihre Pläne informiert sein. Und mir sofort Bescheid geben, wenn es tatsächlich einmal brenzlig werden sollte.«

Der Krummhügel war der kleinste Berg in der Gegend. Er stieg lang und flach an und ragte dann auf seiner anderen Seite wie ein felsiges Haifischmaul in die Landschaft hinein.

Henrik hatte alle auseinander genommenen Teile

des Kassettenrekorders um sich herum ausgebreitet und überlegte, wie das alles wohl wieder zusammengehören könnte.

»Meinst du, du kriegst das hin mit dem Regler?«, fragte Hanna.

»Klar«, sagte er, obwohl es im Augenblick so aussah, als ob er nicht den leisesten Schimmer hätte, wie. »Aber das geht nur bei mir zu Hause. Da habe ich das ganze Werkzeug und so.« Er schlug ihr auf die Schulter. »In einer Woche hast du ihn wieder.«

»So lange?«

»Hättest ihn eben nicht deinem greisen Opa geben dürfen.«

»Der ist schon in Ordnung«, verteidigte sie ihren Großvater. Das war im Augenblick das Einzige, was sie für ihn tun konnte, denn schließlich wollte sie jetzt ja was von Henrik.

»Wie findest du denn eigentlich das mit der Kaninchenklauerei?«, fing sie an.

»Hm«, brummte Henrik nur, wuselte sich durch die kurzen dunklen Locken und verstaute ein paar Tasten vom Kassettenrekorder in der Plastiktüte.

»Also, ich find's gemein.«

»Es gibt schließlich genug von den Viechern.«

So konnte man das natürlich auch sehen. »Sie werden an Versuchslabors verkauft.«

»Quatsch!« Henriks Stimme war laut, aber sie klang nicht überzeugt. Hanna hatte jedenfalls das Gefühl, dass sie noch eine Chance hatte. »Nix Quatsch. Der Florian weiß ziemlich gut darüber Bescheid.«

»Welcher Florian?!«

»Na, der mit der Wollmütze. Der immer hier Ferien macht.«

Plötzlich wurde Henrik munter. Er packte die restlichen Teile in die Tüte zurück und rutschte auf den Knien ein Stück näher an Hanna heran, die sofort zurückwich.

Henrik grinste. »Keine Panik. Ich werde dich schon nicht küssen.«

Hanna dachte an die Nacht vor Leonies Haus. Ihr Herz fing an wie wild hin und her zu galoppieren und sie fragte sich, ob Henrik wirklich schon einmal ein Mädchen geküsst hatte oder ob das alles bloße Angeberei war.

»Jetzt erzähl schon«, sagte er ungeduldig. Und das tat sie dann auch. Alles, was sie selber wusste, und alles, was Florian diesbezüglich von sich gegeben hatte.

»Wir müssen sie schnappen. Aber wir kriegen irgendwie keinen ordentlichen Plan zusammen«, beendete sie ihren Bericht. Henrik nickte und ließ sich auf seine Fersen zurückfallen.

»Das ist eben ’ne Nummer zu groß für Kleinkinder«, sagte er.

Am liebsten wäre sie ihm ins Gesicht gesprungen, aber unter den gegebenen Umständen zündete sie in ihrem Bauch nur eine geheime Wutbombe und sah ihn dabei ganz seelenruhig an.

Wir brauchen eben so einen wie dich, dachte sie. Zum Glück musste sie das nicht auch noch aussprechen, denn Henrik knautschte mit seiner Faust den oberen Teil der Plastiktüte zusammen und sagte mit finsterem Blick: »Ab sofort werde ich das in die Hand nehmen.«

Ein Mädchen zu wenig

»Lass dir gefälligst was einfallen«, knurrte die Männerstimme am anderen Ende der Leitung. »Dich zu ihrem Anführer zu machen war ja für den Anfang schon gar nicht mal so schlecht.«

Dann klackte es auf der anderen Seite und Henrik ließ den Telefonhörer auf die Gabel zurückfallen. Natürlich war der dünne Alfred nicht besonders begeistert davon, dass ihnen mittlerweile ein paar übereifrige Kinder auf der Spur waren.

Und deshalb hatte Henrik sich auch nicht getraut zu fragen, was die beiden überhaupt mit den Kaninchen vorhatten. Tierversuche, hatte diese sommersprossige Hanna behauptet. Das fand Henrik eigentlich auch nicht so gut. Er hatte immer gedacht, sie würden sie verkaufen. An den Zoohandel oder so. Gefragt hatte er den dünnen Alfred allerdings nicht, sondern sich nur von den Moneten beeindrucken lassen.

Beim nächsten Geschäft würde er eben genauer nachhaken. Aber dieses eine Mal musste er da jetzt noch durch.

Und Henrik hatte auch schon eine Idee. Das große

Ding durchzuziehen und Hanna einfach in dem Glauben zu lassen, es geschähe nichts, war ihm zu riskant. Schließlich konnte man nie wissen, was in diesem sommersprossigen Kopf vor sich ging. Möglicherweise trabte sie genau in der verabredeten Nacht zur rechten Zeit zum richtigen Hof. Und der dünne Alfred, sein Kumpel und er, Henrik, könnten einpacken.

Nee! Da war ihm die andere Sache, die ihm eingefallen war, schon lieber. Selbst wenn die auch nicht ganz ohne Risiko war. Denn am Ende würde er sich wahrscheinlich ganz schön rausreden müssen. Aber er hatte ja noch Zeit genug, sich etwas einfallen zu lassen.

Alle auf dem Schießstand, die Hanna kannten, freuten sich, sie endlich einmal wiederzusehen. Und obwohl sie nun schon einige Zeit nicht mehr dort gewesen war, fiel es ihr überhaupt nicht schwer, Kimme und Korn in einer Geraden vor ihr rechtes Auge zu kriegen. Zweimal riss sie sogar die Pappscheibe am äußersten Rand an, was einer kleinen Sensation glich. Denn bisher war es ihr höchstens gelungen, die Grashalme in ihrer Nähe ein Stückchen kürzer zu schießen.

»Erstklassig!«, lobte sie Herr Zwiebelgeschnittner. »Wenn du öfter schießen würdest …«

»Wenn es erlaubt wäre«, sagte sie. Und ihr Großvater lächelte, weil er sich darüber freute, dass die Kollegen auch heute diesbezüglich mal wieder ein Auge zugekniffen hatten.

Das Gewehr wurde verstaut und Großvater und

Enkelin machten sich auf den Heimweg. Sie unterhielten sich über das alte unbrauchbare Gerümpel im Schuppen, als Herr Zwiebelgeschnittner plötzlich stehen blieb und schräg hinüber auf die andere Straßenseite zeigte.

»Pino?«

Was für eine Frage!

Es gab eine Riesenportion Eis, nur Schokolade und Zitrone. Das mochten die beiden am liebsten. Und das aß Hanna in dieser Kombination auch nur, wenn sie mit ihm hier war.

»Ich weiß übrigens etwas Neues über Gänse«, sagte Herr Zwiebelgeschnittner, nachdem sie ungefähr die Hälfte ihrer Eisberge schweigend weggeschlürft hatten.

»Und was?«

»Sie halten nicht das, was sie nach dem Schlüpfen als Erstes sehen, für ihre Mutter …«

»Sondern?«

»… was sie als Erstes hören.«

»Aha.« Hanna wusste nicht so genau, ob sie nun erleichtert sein sollte.

»Das bedeutet, dass dein kleines Gänseküken kreuzunglücklich ist, wenn es diese Technoplatte nicht hören kann«, erklärte Herr Zwiebelgeschnittner.

Hanna fuhr kerzengerade nach oben. »Nein! Und ausgerechnet jetzt ist mein Kassettenrekorder hinüber.«

»Und das ist auch noch meine Schuld«, seufzte ihr Großvater.

Was er wohl mit ihr tun würde, wenn er wüsste, dass er den Rekorder vollkommen planmäßig kaputt repariert hatte?, dachte Hanna.

Dass sie das Gerät nun frühstens in einer Woche zurückbekommen würde, war ebenfalls allein ihr zuzuschreiben, und ob es dann auch tatsächlich wieder in Ordnung war, konnte wer auch immer aus den Sternen ablesen.

Hanna seufzte und ihr Großvater legte bedächtig seine Hand um ihre Schultern. »Du kannst sie aber auf dich prägen.«

»Was?«

»Na ja, wenn du dich in der nächsten Zeit ein wenig mehr um die Gans kümmerst, wird sie dich als ihre Mutter akzeptieren und irgendwann diese Musik nicht mehr vermissen.«

Hanna kuschelte sich neben Leonie in die frische, nach Sonnenluft duftende Streifenbettwäsche. Heute Morgen hatte sie nach kurzer Überlegung die Dalmatinerüberzüge heruntergerissen und ihrer Mutter erklärt, dass sie kein Kleinkind mehr sei und in ihrem fortgeschrittenen Alter zwar noch keinen Anspruch auf Blumen, aber doch immerhin auf Streifen oder Karos, Diddls oder andere starke Muster hätte.

Diddls und andere starke Muster gab es in ihrem Haus natürlich nicht und deshalb musste sie sich erst einmal mit diesen blau-roten Blockstreifen zufrieden geben, in denen sie sich noch etwas fremd fühlte.

Leonie machte ein paar blöde Witze über Herrn

Krummgestandner und einige ihrer Mitschüler und sie freuten sich, dass die Osterferien diesmal so schön lang waren. Sie kicherten noch eine Weile und versuchten wach zu bleiben.

Mittlerweile waren vier volle Tage vergangen, an denen überhaupt nichts passiert war. Nicht einmal Kaninchen waren weggekommen. Und Hanna befürchtete schon, dass die Diebe sich längst aus dem Staub gemacht hatten. Da war am Nachmittag auf einmal Henrik mit einem verschwörerischen Gesichtsausdruck an ihrem Gartenzaun aufgetaucht.

»Heute schlagen sie richtig zu. Bei den Luckstätters. Ich hab da so ein Gefühl. Und am besten wird es sein, wenn ihr alle drei mitmacht.«

Der Florian war kein Problem gewesen. Seine Mutter hatte schon seit zwei Abenden seine Anwesenheit nicht mehr großartig kontrolliert. Er hatte nur kurz seinen magischen Stein in die Hand genommen, für einige Sekunden die Augen geschlossen und genickt.

»Und wenn er nun Nein gesagt hätte?«, hatte Hanna ihn spöttisch gefragt. Doch Florian hatte sie nur angesehen und mit den Schultern gezuckt.

»Glaub doch, was du willst. Ich weiß sowieso nicht, wieso du die Eingebungen von diesem Henrik Nissen ernster nimmst als meine.«

Leonie hatte allerdings wie erwartet genau die gleichen Zicken gemacht wie beim ersten Mal.

»Okay, dann pennst du eben bei mir«, hatte Hanna vorgeschlagen. Und die beiden Mütter hatten es zum Glück nicht für die schlechteste Idee gehalten, da Leonies Eltern an diesem Abend sowieso ins Theater wollten und davon ausgingen, dass ihre Tochter bei den Blombergs bestens aufgehoben war.

Als der Wecker klingelte, fiel Leonie mit einem Knall aus dem Bett und Hanna bekam den ersten Herzschlag ihres Lebens. Leonie rappelte sich auf und rieb sich den Hüftknochen.

»Warum liegt hier auch kein Läufer!« Sie deutete auf den harten Holzboden vor dem Bett.

»Weil da eben keiner liegt«, war Hannas Antwort. Sie zog ihre Jeans vom Hocker herunter und schlüpfte hinein. »Komm, wir müssen uns beeilen.«

Leonie verschränkte die Arme vor der Brust und seufzte: »Ich glaube, solche Abenteuer sind einfach nichts für mich.«

»Das hättest du dir ein paar Stunden früher überlegen müssen.«

»Du hättest ja doch nur Stress gemacht.«

»Jetzt mache ich auch Stress«, schrie Hanna so laut, wie man im Flüsterton schreien kann.

Da hörten sie plötzlich ein Knacken draußen auf dem Flur vor ihrer Zimmertür. Natürlich hatten die da unten Leonies Rums-aus-dem-Bett mitgekriegt. Ein kurzer Blick genügte und mit einem Schwups lagen die beiden wieder nebeneinander unter der Bettdecke.

Leise öffnete sich die Zimmertür einen Spalt und Herrn Blombergs lange dünne Nase erschien. »Alles in Ordnung?«

»Pst!«, machte Hanna. »Leonie schläft.«

Die Nase nickte. »Dann mach du das mal auch.«

Als die Nase wieder verschwunden war, flüsterte Hanna: »An denen kommen wir jetzt nie vorbei. Die sind alarmiert.«

»Nun sieh das doch nicht gleich so dramatisch.«

»Sollen wir wetten?«

»Um was denn? Deine komische Blaumütze etwa?«, feixte Leonie. »Die will ich sowieso nicht haben.«

»Wir haben jetzt keine Zeit zum Rumstreiten. Außerdem steht noch gar nicht fest, dass sie wirklich so heißt«, sagte Hanna.

Leonie zuckte die Schultern.

»Ich kann ja hier bleiben und die Stellung halten.«

Vielleicht war das gar keine so schlechte Idee! Hanna nickte. »Okay. Aber ich muss trotzdem nochmal runter.«

»Spinnst du? Die merken das doch.«

Hanna lächelte. »Können sie ruhig.« Denn sie hatte eine Idee.

Sie grinste, zog ihre Jeans wieder aus und glitt in ihre Hausschuhe. »Bin gleich wieder da.«

»Hanna?«, fragte ihre Mutter aus der Wohnstube heraus. »Bist du das?« Und dann im Flüsterton: »Sie wird doch nicht wieder schlafwandeln.«

»Sicher nicht. Als ich eben oben war, ist sie noch wach gewesen.« Das war ihr Vater.

»Ich hab noch Durst«, sagte Hanna.

»Soll ich dir eine warme Milch machen? Dann

kannst du bestimmt schlafen«, ertönte die Stimme ihrer Großmutter. Wo sie doch haargenau weiß, dass ich warme Milch nicht ausstehen kann, dachte Hanna und merkte, wie sich ihre Speiseröhre zuschnürte.

»Nö, ich nehm mir lieber ein Wasser.«

»In der Küche ist, glaube ich, aber nichts mehr«, sagte Frau Blomberg. »Am besten, du holst dir eine neue Flasche aus der Speisekammer.«

Na, umso besser. So konnte sie ohne großen Verdacht zu erregen nach dem Tau suchen, das ihr Vater irgendwann einmal oben im Regal hinter Großmutters Einweckgläsern verstaut hatte. Nur schnell musste es gehen.

Hanna machte Licht, kletterte auf den Kartoffelsack, reckte sich ein bisschen in die Höhe und schob ihre schmalen Hände nacheinander zwischen die Gläser voller Birnen, Bohnen und Gurken, um nachzufühlen, ob etwas Seilartiges dahinter lag. Aber nichts. Sie hatte sich allerdings noch nicht ganz bis zum Ende des Regals durchgetastet, weil ihre Arme dafür zu kurz waren.

So ein Mist!, dachte sie, klapperte ein wenig mit den Flaschen im Wasserkasten, um sich nicht verdächtig zu machen, und rief:

»Da sind ja nur noch leere, oder?!«

Im selben Augenblick fiel ihr ein, dass das eher ein Fehler gewesen war, weil ihr jetzt bestimmt gleich jemand zu Hilfe eilen würde. Ächzend zog sie den Kartoffelsack auf die andere Seite, stieg hinauf, griff hinter die restlichen drei Gläser, fühlte das Tau und zog es mit einem Ruck heraus, während sie mit ihrer anderen Hand die Weckgläser vor dem Absturz bewahrte.

Dann hörte sie auch schon die Schritte in der Küche. Hastig stopfte sie das Seil in ihre Schlafanzughose und schlug dann mit dem Handrücken auf den Lichtschalter.

»Hanna, was ist?«, fragte ihre Mutter.

»Nichts, ich finde nur keine volle Flasche.«

»Warum hast du denn das Licht ausgemacht?«

Damit du die Beule unter meinem Pyjama nicht siehst, dachte Hanna, ergriff eine volle Sprudelwasserflasche und fing an zu stottern.

»Hab … hab ich doch gar nicht.«

Die Silhouette von Frau Blomberg tauchte in der schmalen Eingangstür auf. Natürlich glaubte ihre Mutter ihr nicht. »Aber hier war Licht«, sagte sie. »Ich spinne doch nicht.«

»War es ja auch. Es ist nur …« Hanna stockte.

»Ja?«

»Plötzlich war es aus.« Was ja noch nicht mal richtig gelogen war.

Frau Blombergs Hand bewegte sich zum Lichtschalter.

»Nicht mehr nötig, ich hab doch jetzt eine.« Hanna hielt ihrer Mutter die Flasche vor die Nase. »Hier.«

»Na, gut«, sagte die seufzend. »Dann muss sich Papa eben morgen um die Birne kümmern.«

Hanna nickte erleichtert, lief durch die Küche und sauste die Treppe hinauf. Auf halber Höhe sah sie aus dem Augenwinkel, wie das Licht in der Speisekammer anging.

»Naacht!«, rief sie und rannte weiter. Und sie betete, dass sie frühstens am nächsten Morgen unangenehme Fragen beantworten musste. Und bis dahin waren die Karnickeldiebe hoffentlich längst gestellt.

»Mensch, das hat aber gedauert«, wurde sie von Leonie begrüßt. Hanna sagte gar nichts, lauschte ein paar Sekunden, ob ihre Mutter ihr auch wirklich nicht gefolgt war, und zog dann das Tau aus ihrer Pyjamahose hervor.

»Was hast du denn jetzt damit vor?«

»Aus dem Fenster hangeln natürlich.« Und als Leonie entsetzt die Augen aufriss, fügte Hanna hinzu: »Das ist die einzige Möglichkeit, hier unbemerkt herauszukommen.«

»Ohne mich.«

»Du sollst da ja auch gar nicht runter«, erwiderte Hanna. Sie hatte sich inzwischen komplett angezogen und schob nun ihren Schreibtischstuhl zum Fenster, sodass dessen Sitzfläche ins Zimmer hineinzeigte. Dann legte sie das Seil in der Mitte zu einer Schlaufe zusammen und schlang diese unter der Stuhllehne hindurch. Sie steckte die beiden Enden durch die Schlaufe und warf sie anschließend zum geöffneten Fenster hinaus.

»So, jetzt setz du dich da hin«, befahl sie Leonie und deutete auf den Stuhl.

»Soll ich dich etwa halten?«

»Genau. Wenn du schon nicht mitkommst.«

Hanna warf einen Blick auf ihren Wecker. Seit ihrem Aufstehen waren bereits über zehn Minuten vergangen.

Leonie ließ sich zögernd auf dem Stuhl nieder, und als Hanna sich von der Fensterbank aus allmählich an dem Tau hinabließ, versuchte Leonie mit aller Kraft zu verhindern, dass der Stuhl in Richtung Fenster verrutschte. Dann ließ der mächtige Zug an dem Seil plötzlich nach. Sofort sprang Leonie auf und schaute aus dem Fenster.

Hanna war heil dort unten angekommen. Sie winkte ihr kurz zu, rannte über ein kleines Rasenstück und verschwand schließlich unbemerkt in der Eschenhecke.

»Wo ist denn deine Freundin?«, fragte Henrik.

»Ach, die wartet bei mir daheim«, erklärte Hanna. »So was ist einfach nichts für sie.«

»Mist!«

»Wieso? Sie wäre uns eh keine große Hilfe.«

Henrik schüttelte den Kopf. »Gegen zwei erwachsene Kerle brauchen wir einfach jeden Mann.«

»Woher willst du denn wissen, dass es zwei sind?«, fragte Florian, ehe Hanna sich über Leonies ewiges Muffensausen auslassen konnte.

»Weil es immer zwei sind, die solche Dinger drehen«, sagte Henrik.

Florian wollte etwas erwidern, aber Henrik kam ihm zuvor. Er starrte auf seine Armbanduhr.

»Kurz nach zehn. Vielleicht sollten wir sie noch holen.«

»Leonie?« Hanna konnte wirklich keinen besonderen Sinn darin erkennen.

»Klar, vielleicht hat sie das Seil noch draußen hängen lassen …«

Nee, Leonie war zwar nicht gerade mutig, aber blöd war sie auf keinen Fall.

»Und wieso denkst du, dass sie heute ausgerechnet bei den Luckstätters zuschlagen?«, mischte Florian sich ein. »Eigentlich käme doch fast jeder in Frage.«

»Stimmt, aber ich vermute, dass sie nicht mehr so lange hier in der Gegend bleiben werden.«

»Wieso denn nicht?«, fragte Hanna, die froh war, dass das Thema Leonie anscheinend abgehakt war.

»Na ja, ganz einfach, Süße …«

»Ich bin nicht deine Süße«, zischte sie ihn an, und Florian, der an diesem Abend mal wieder diese oberpeinliche Babymütze trug, wurde rot bis in den Jackenkragen.

»Reg dich wieder ab«, sagte Henrik. »Also, ich glaube, die räumen heute Nacht bei den Luckstätters noch einmal alles aus, um dann endgültig von hier zu verschwinden, bevor ihnen die Polizei noch in die Fersen tritt.«

»Ach, die Polizei kannst du doch vergessen«, schnaubte Hanna.

Der Florian räusperte sich. »Okay«, sagte er. »Aber wieso gerade die Luckstätters?«

»Weil sie die meisten Viecher haben.«

»Die Holzhäusers haben mindestens genauso viele«, erwiderte Hanna.

»Aber auch einen Wachhund.«

»Wenn die Kerle das überhaupt wissen«, warf Florian ein.

»Aber klar«, sagte Henrik. »So was spionieren richtige Profis vorher alles aus.«

»Richtige Profis«, entgegnete Hanna abfällig. »Dann hätten sie doch überall gleich alle Karnickel mitgenommen.« Dabei war sie ziemlich froh darüber, dass sie es nicht getan hatten.

»In einer einzigen Nacht! Das hätten sie doch nie geschafft. Und von dem Kleckerklau haben sie sich wahrscheinlich erhofft, dass es weniger auffällt.« Henrik reckte sich in Positur.

Und Hanna bewunderte ihn ein wenig dafür, dass er sich in relativ kurzer Zeit schon dermaßen ausgeklügelte Gedanken gemacht hatte. Wahrscheinlich sagte er genau das Richtige, alles Dinge, die so logisch klangen und auf die sie bestimmt nicht gekommen wäre.

Ihr wurde warm ums Herz und ein wenig bereute sie es, dass sie sich nicht einfach »Süße« hatte nennen lassen. Wer weiß, vielleicht hatte er es ja sogar ernst gemeint. Und jetzt hielt er sie wahrscheinlich für zickig. Hanna seufzte und lauschte weiter seinen Ausführungen.

»Mittlerweile redet man aber im ganzen Dorf davon, dass immer mal wieder ein paar Kaninchen wegkommen und keiner glaubt mehr so richtig an einen Fuchs. Ist ja auch schon ewig keiner gesehen worden.« Henrik blickte von einem zur anderen. »Alles in allem wird es allmählich eng für sie. Und ich glaube, deshalb schlagen sie zum Abschluss noch einmal richtig zu.«

Hanna bemerkte, dass Florian seinen blöden Stein aus der Hosentasche gekramt hatte und darauf starrte.

»Und wieso ausgerechnet heute?«, fragte er.

Na, weil Henrik das im Gefühl hat, dachte Hanna. Intuition nannte man so was. Und die gehörte zu einem ordentlichen Detektiv eben dazu. Aber davon hatte so ein Gehirn unter einer hellblauen Babymütze eben keine Ahnung.

Nachdem Leonie das Tau wieder hereingezogen hatte, hockte sie sich auf den Stuhl und dachte nach. Sie machte sich Sorgen um Hanna und bereute es fast ein bisschen, dass sie nicht doch mitgegangen war. Sie stand auf und schritt im Zimmer auf und ab, bis ihr plötzlich einfiel, dass die da unten ihre Schritte womöglich hören konnten.

Also schob sie sich vorsichtshalber noch einmal unter die Bettdecke und wartete. Schon nach kurzer Zeit hörte sie ein Schlurfen auf dem Flur und wenig später öffnete sich leise die Tür. Leonie vergrub ihr Gesicht unter der Decke und machte sich so breit wie zwei zusammen.

Es war kein Schlurfen mehr zu hören und niemand stellte Fragen oder sagte sonst irgendetwas. Hatte sich die Tür etwa schon wieder geschlossen? Leonie drückte mit dem Zeigefinger die Bettdecke ein wenig hoch und erblickte auf der Schwelle ein Paar lilafarbene Damenpantoletten mit bunten Federpuscheln darauf.

Hannas Oma, dachte sie zuerst. Doch dann bemerkte sie, dass die Füße, die darin steckten, mit den Fersen ein Stück hinausragten, dass die dazugehörigen Beine etwas zu sehr behaart waren und zudem nach oben hin in einer gestreiften Herrenschlafanzughose endeten.

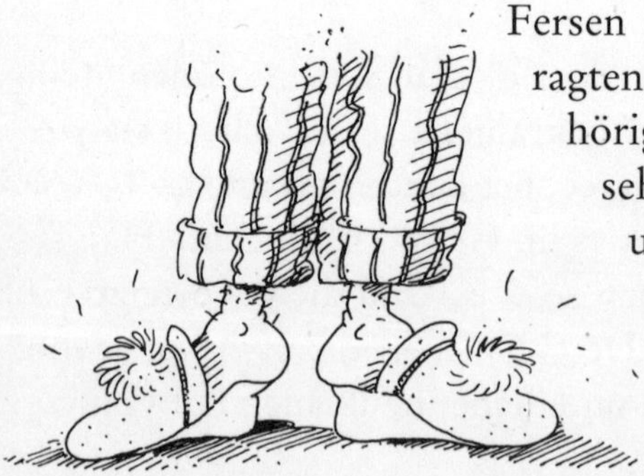

Leonie unterdrückte mühsam ein Kichern, aber dann schloss sich die Tür glücklicherweise wieder und die Pantoletten verschwanden. Sie schob die Decke von ihrem Gesicht und atmete tief durch. Hannas Verwandtschaft lag also mittlerweile in ihren Betten. Na wunderbar! Sie zögerte einen Moment und überlegte, ob sie nicht einfach Herrn Blomberg um Hilfe bitten sollte, aber dann stellte sie sich den Tumult vor, der daraus entstehen würde, und ahnte, dass Hanna ihr das wahrscheinlich noch weniger verzeihen würde als das, was sie eigentlich im Augenblick plante.

Sie zog ihre Sachen einfach über den Pyjama und schlüpfte in ihre Pumas. Dann befreite sie den Stuhl von dem Seil und überlegte, woran sie es stattdessen befestigen könnte. Aber ein Blick aus dem Fenster machte ihr schließlich klar, dass das sowieso nicht die richtige Methode für sie war.

Also gut, dann eben doch. Mit den Pumas in der Hand lauschte sie durch die geöffnete Tür in den Flur hinaus, schlich mit angehaltenem Atem die Treppe hinunter und freute sich, dass es keinen Hund in diesem Haus gab. Jedenfalls so lange, bis sie draußen im Garten stand. Dort hätte sie den Jocki dann schon gerne dabeigehabt, der sie durch die Dunkelheit begleitete.

Sie atmete noch einmal tief durch, versuchte den Trommelwirbel in ihrer Brust nicht zur Kenntnis zu nehmen und machte sich auf den Weg ins Dorf.

Als Hanna und Florian in die Wendelchaussee, die zum Hof der Luckstätters führte, einbiegen wollten, hielt Henrik Florian am Ärmel fest.

»Wir müssen erst nochmal zu mir und ein paar Kleinigkeiten holen.«

»Ein paar Kleinigkeiten?«

»Ja ... meine Taschenlampe, ein Seil ...«

»Das war aber nicht abgesprochen«, murrte Hanna und Florian fragte:

»Wozu denn ein Seil?«

Henrik Nissen machte ein wichtiges Gesicht. »Genau genommen brauchen wir sogar zwei.«

Hanna schüttelte den Kopf. Vielleicht wäre es doch besser gewesen, wenn sie Henrik nicht einfach die Führung überlassen, sondern alle gemeinsam einen richtigen Plan ausgearbeitet hätten. Aber dafür war es nun leider zu spät.

»Wieso zwei?«, fragte sie.

»Eins spannen wir, damit sie drüberstolpern, und mit dem anderen fesseln wir sie.«

Florian nickte. Und auch Hanna fand, dass das ziemlich gut klang. Die einzige Befürchtung, die sie hatte, war die, dass sie für zwei erwachsene Männer möglicherweise nicht stark genug waren.

»Siehst du«, sagte Henrik. »Dann weißt du jetzt auch, wieso ich deine Freundin so gerne mit dabeigehabt hätte.«

»Lasst uns endlich mit dem Gequatsche aufhören«,

mischte Florian sich ein. »Es ist schon spät genug.« Er sah Henrik an. »Lass uns lieber schnell die Sachen holen. Wo wohnst du überhaupt?«

»Ist zum Glück nicht weit«, sagte Hanna.

»Nee, gleich eine Straße weiter in dem roten Haus mit dem Schieferdach, das ein bisschen abseits liegt«, erklärte Henrik.

»Mann«, stöhnte Hanna. »Wieso hast du die Sachen nicht wenigstens schon mal an den Zaun gelegt?«

Henrik zuckte die Schultern und sah sie lächelnd an. »Tut mir echt Leid, aber ich hab nicht dran gedacht.«

Es gibt Polizeibeamte, die nehmen Kinder und das, was sie ihnen mitten in der Nacht erzählen, ernst. So ernst, dass sie nicht lange fragen und überlegen, sondern umgehend handeln.

Herr Fehlhuber gehörte nicht zu dieser Sorte Polizisten. Zwar ließ er es sich nicht nehmen, Kinder zu befragen, wenn er es für angebracht hielt. Und er mochte sie auch. Genauso gern wie ihre Späße und Streiche. Wenn sie seine Arbeit damit nicht behinderten.

»So, im Gefühl hat er das also gehabt, dein Freund«, sagte er gedehnt und beugte sich über den Tresen zu Leonie hinüber.

»Er ist nicht mein Freund. Im Gegenteil.«

»Aha.«

»Aber in großer Gefahr ist er trotzdem. Und vor allem Hanna.«

»Sonst noch jemand?«

»Ja, der Florian.«

»So, so«, sagte Herr Fehlhuber und zog seine Stirn in Falten.

»Nun kommen Sie schon«, drängelte Leonie. »Sie haben mir versprochen, dass Sie sofort was unternehmen werden, wenn es gefährlich wird.«

Herr Fehlhuber sah sie mit hochgezogenen Augenbrauen an. Schließlich nickte er, fischte seine Mütze vom Haken und zog sich seine Dienstjacke über. Leonie blickte auf seinen Hosenbund. »Und Ihre Pistole?«

»Liegt im Auto«, log er, weil er nicht sagen wollte, dass er eine nächtliche Schießerei in diesem Falle für ganz und gar unangebracht hielt.

»Damit sie jeder klauen kann?«

»Hier kommt so schnell nichts weg.«

»Außer Kaninchen«, sagte Leonie und schob sich auf die Rückbank des Streifenwagens.

Herr Fehlhuber legte sich den Gurt an und startete den Motor.

»Aber machen Sie bloß kein Blaulicht an. Sonst hören die uns schon von weitem.«

Er nickte. »Keine Sorge. Bin ja schließlich nicht blöd.« Und lächelte vergnügt vor sich hin, während er in die Hauptstraße einbog.

Hanna und Florian drückten sich hinter Henrik an der Hauswand entlang und dann die Außentreppe hinunter. Dort pulte Henrik einen Schlüssel aus seiner Hosentasche und öffnete die Tür.

Die drei Kinder traten in den Kellerraum. Henrik machte Licht und fing sofort an, die Regale und den kleinen Wandschrank zu durchsuchen.

»Mist«, sagte er. »Ich finde das dünne Seil nicht.«

Florian trat ungeduldig von einem Fuß auf den anderen und Hanna stöhnte.

»Meine Güte, wenn das so weitergeht, entwischen die uns noch.«

»Keine Panik, Sommersprosse«, sagte Henrik. »Ich habe alles im Griff.«

Hanna kniff vor Wut die Augen zusammen, sagte aber nichts.

»Und jetzt?«, fragte Florian.

Henrik schien zu überlegen.

»Ich hol einfach 'ne Wäscheleine von meiner Alten«, sagte er. »Die hat so was immer auf Vorrat.«

»Na gut, aber beeil dich«, knurrte Hanna.

»Logisch.« Henrik öffnete die Tür und nickte den beiden zu. »Bin gleich wieder da.«

Er verschwand nach draußen, die Tür fiel hinter ihm zu und dann mussten Hanna und Florian zu ihrem größten Entsetzen plötzlich hören, wie ein Schlüssel ins Schloss gesteckt und zweimal herumgedreht wurde.

»Sie sind gerade dran vorbeigefahren«, schrie Leonie und ärgerte sich darüber, dass sich dieser blöde Polizist anscheinend nicht richtig in der Gegend auskannte. »Zu den Luckstätters hätten Sie eben abbiegen müssen.«

»Da will ich doch gar nicht hin«, erwiderte Hauptwachtmeister Fehlhuber.

»Sondern?«

»Ich bringe dich nach Hause.«

Leonie rutschte ein Stück nach vorn und legte ihm ihre Hände um den Hals. »Das tun Sie nicht!«

»Aber ja.«

»Sie wissen doch gar nicht, wo ich wohne.«

Er grinste nur und wand seinen Kopf hin und her. »Jetzt lass mich bitte wieder los.«

Und Leonie fiel ein, dass sie leider ihre vollständige Adresse angegeben hatte, als er vor zwei Tagen dieses Protokoll angefertigt hatte. Sie löste ihren Griff und ließ sich zurückfallen. »Aber meine Eltern sind im Theater«, sagte sie dann. »Und meine Freunde in Lebensgefahr.«

»Das passt ja gut zusammen«, freute sich Hauptwachtmeister Fehlhuber. »Dann fahren wir eben zu deiner Hanna.«

Leonie holte tief Luft. »Es ist allein Ihre Schuld, wenn denen etwas passiert«, schrie sie wütend. »Wenn Sie damit leben können, Sie Betrüger.«

»Ich bin Polizist und ich pflege Betrüger einzusperren.«

Er glaubte ihr nicht. Er hatte ihr wahrscheinlich von Anfang an nicht geglaubt. Leonie war sauer, dass ihr Plan nicht funktionierte, und sie hätte sich am liebsten sonst wohin gebissen, dass sie nicht mit Hanna gegangen war, sondern stattdessen auf Nummer Sicher gehen wollte.

Der Beamte nahm seinen Fuß vom Gaspedal und stoppte am Straßenrand. Er zündete sich eine Zigarette an, drehte sich zu Leonie um und lächelte freundlich. »Also, entweder du sagst mir jetzt, wo deine Freundin wohnt, oder wir übernachten hier. Mir macht das nichts aus.«

Um seine Aussage noch zu unterstreichen, zog er einen Hebel an seinem Sitz und brachte diesen damit in eine halb liegende Stellung. »Hab ich schon öfters gemacht.«

Leonie zog ihre Beine unter der heruntergelassenen Lehne weg und rückte auf die andere Seite.

»Sie sind gemein. Glauben Sie eigentlich, Sie können noch ruhig schlafen, wenn denen wirklich etwas passiert?«

Herr Fehlhuber legte sich seine Dienstmütze auf den Bauch und zwinkerte Leonie zu.

»Soll ich dir mal sagen, was ich denke? Ich ganz persönlich?«

Na, da war sie aber gespannt.

»Dass ihr die paar Karnickel womöglich selbst geklaut habt, um ein bisschen Aufregung in eure Ferien zu bringen und einen armen alten Dorfpolizisten wie mich auf Trab zu halten.«

Florian ließ sich rücklings auf den Stuhl fallen, der neben dem kleinen Tisch mitten im Zimmer stand.

»Nicht schon wieder«, stöhnte er. »Allmählich habe ich genug davon, dauernd eingesperrt zu werden.«

»Ist dir überhaupt klar, was das bedeutet?«, schrie Hanna.

»Wieso?«

Florian sah sie erstaunt an, holte dann seinen kleinen grauen Stein aus der Hosentasche und starrte ihn an.

»Jetzt lass doch mal den Blödsinn und hör zu, was ich dir sage.« Sie machte eine kleine Pause. »Henrik Nissen ist der Karnickeldieb. Das steht ja jetzt wohl einwandfrei fest.«

Florian nickte. »Oder es gibt diese beiden Kerle wirklich und er steckt mit ihnen unter einer Decke.«

»Und alles ist meine Schuld!«, rief Hanna und trat voller Wut gegen das Tischbein.

»Das bringt uns auch nicht weiter«, sagte Florian. »Wir sollten lieber darüber nachdenken, wie wir hier rauskommen.«

»Wir rufen um Hilfe«, schlug Hanna vor. »Vielleicht hört uns ja jemand.«

»Ach, um diese Zeit ist doch kaum noch jemand auf der Straße. Außerdem liegt das Haus zu weit abseits.«

»Ja, aber Henriks Mutter«, sagte Hanna. Sie deutete zur Zimmerdecke. »Die ist da oben und vielleicht sogar noch wach.«

Und schon fing sie aus vollem Hals an zu brüllen.

»Hiiilfeeee!«

Und nach kurzem Zögern stimmte Florian mit ein.

»Hiiiiilfeeeee!!!«

Aber nichts und niemand rührte sich. Nicht einmal nach fünf Minuten, wie Florian bei einem Blick auf seine Armbanduhr feststellte.

»Mist«, sagte Hanna und fasste sich an den Hals. »Gleich bin ich heiser.«

»Ja, wir müssen uns etwas anderes überlegen«, bestätigte Florian.

Die beiden Kinder ließen ihre Blicke durchs Zimmer streifen. Es gab nur ein kleines Kellerfenster, das sich über ihren Köpfen befand und von außen vergittert war. Hanna überlegte nicht lange, schob kurz entschlossen den Stuhl darunter, stieg hinauf und versuchte den Griff zu bewegen. Doch der saß ziemlich fest. Sie presste die Lippen zusammen und drückte ihn mit aller Macht nach oben. Schließlich gab er ein knarzendes Geräusch von sich.

»Es geht«, stöhnte Hanna, öffnete das Fenster und sah nachdenklich auf die Gitterstäbe. »Aber was jetzt?«

»Dafür brauchen wir 'ne Brechstange«, meinte Florian und fing an die Regale zu durchwühlen.

»Vielleicht in den Kartons da drüben«, sagte Hanna und sprang vom Stuhl herunter. Sie öffnete den ersten und schrie auf.

»Das gibt's ja gar nicht!«

Florian kam zu ihr und guckte ebenfalls in den Karton.

»Lauter Karnickel ... Donnerwetter! Der macht das wohl doch allein.«

Hanna griff sich zwei hellbraune Mümmelnasen und rannte mit ihnen auf das Kellerfenster zu.

»Was hast du vor?«, fragte Florian.

»Wir lassen sie raus.«

Florian nickte. Er reichte Hanna ein Kaninchen nach dem anderen und sie drückte die Tiere durch die Gitterstäbe in den Garten hinaus.

»Das Letzte«, sagte Florian schließlich und hielt ihr ein kleines, bunt geschecktes Löffelohr entgegen. Hanna nahm es, hielt es ein Stück von sich und sah es nachdenklich an.

»Ich glaube, das ist meins.«

Sie drückte es sanft an sich und seufzte. Dann flüsterte sie ihm ins Ohr: »Lauf so schnell du kannst und versteck dich gut«, und schob es dann ebenfalls durch die Gitterstäbe.

Henrik brauste auf seinem Fahrrad quer durch das Dorf in Richtung Krummhügel. Er wollte die Sache jetzt so schnell wie möglich hinter sich bringen. Einmal, damit er Hanna und Florian bald wieder freilassen konnte, und zum anderen, weil er das blöde Gefühl hatte, doch einen Fehler gemacht zu haben.

Er schüttelte den Kopf, um diesen beunruhigenden Gedanken loszuwerden, und versuchte sich auf den neuen Ghettoblaster zu konzentrieren, aber komischerweise konnte er sich darauf gar nicht mehr so richtig freuen.

»Mist!«, murmelte er. »Wieso hab ich Blödmann mich da nur drauf eingelassen?«

Er trat noch einmal kräftig in die Pedale und bog zwei Minuten später in die Auffahrt der Holzhäusers ein. Alles war still. Die Fensterläden des Wohnhauses waren geschlossen. Nur das fahle Hoflicht brannte.

Leise ließ Henrik sein Fahrrad am Wegrand ins Gras hinunter und hockte sich wie verabredet auf einen der weiß getünchten Steine, die die Auffahrt säumten.

Leonie saß noch immer auf der Rückbank des Polizeiwagens. Sie hatte die Arme über der Brust verschränkt und schwieg. Sie fand es eigentlich schon schlimm genug, dass Herr Fehlhuber ihr nicht helfen wollte. Aber dass er nun auch noch behauptete, dass die Kinder den Hasenklau nur vorgetäuscht hätten, schlug nun wirklich allen Suppentöpfen den Deckel ab.

Wütend starrte sie ihn an. Nach seiner unverschämten Behauptung hatte er seine Zigarette ausgemacht, einfach die Augen geschlossen und vergnüglich in sich hineingegrinst. Mittlerweile atmete er seelenruhig vor sich hin.

Der wird doch jetzt wohl nicht einschlafen, überlegte Leonie. Im selben Augenblick öffnete er seinen Mund und ließ einen kleinen Schnarcher heraus.

Das darf doch wohl nicht wahr sein, dachte sie und streckte eine Hand nach seiner Schulter aus. Aber kurz bevor sie ihn berührte, zuckte sie zurück.

Das ist ja *die* Chance!, durchfuhr es Leonie. Sie schloss die Augen, atmete einmal tief durch und tastete mit ihrer rechten Hand nach dem Türöffner. Sie umklammerte ihn und zog vorsichtig daran. Klock! Sofort sprang die Wagentür auf. Herr Fehlhuber zuckte mit den Händen und gab einen grunzenden Schnarcher von sich.

Mit angehaltenem Atem starrte Leonie ihn an.

Aber er wurde nicht wach, sondern lächelte selig, drehte sich umständlich auf die Seite und schlief einfach weiter.

Also drückte Leonie die Tür ganz auf, stieg aus dem Wagen und rannte so schnell sie konnte die Straße zurück zum Hof der Luckstätters.

»So, und was machen wir jetzt?«, fragte Hanna und schob den Stuhl wieder unter den Tisch.

Florian zuckte die Schultern und wühlte weiter in den Regalen.

»Ich kann mir nicht vorstellen, dass der hier einfach so eine Brechstange herumliegen hat«, sagte Hanna und zog beiläufig die Tischschublade heraus.

»Ich auch nicht. Aber ich kann nicht einfach nur so herumsitzen und warten«, erwiderte Florian.

Hanna sah ihn nachdenklich an.

»Eigentlich ist Henrik ja ein bisschen doof, nicht?«, sagte sie. »Wir wissen doch jetzt, dass er der Dieb ist. Sobald wir wieder draußen sind, werden wir ihn anzeigen. Das kann er sich doch denken.«

»Na ja, wer weiß, was er uns wieder für eine Geschichte auftischt. Vielleicht, dass er uns nicht für fähig gehalten hat, die Kerle zu schnappen, und es deshalb allein machen musste.«

»Ja, ja, und dann wären sie ihm doch durch die Lappen gegangen …«

»… oder gar nicht da gewesen«, fiel ihr Florian ins Wort. »Und dass er sich leider geirrt hat mit seinem Gefühl. Das wäre doch das Einfachste. Und wir müssten ihm sogar glauben. Denn Beweise für das Gegenteil haben wir nicht.«

»Doch«, knurrte Hanna. »Die Hasenohren da drüben in den Kartons.«

Florian nickte und schob grübelnd die Unterlippe vor. Aber nach ein paar Sekunden hellte sich seine Miene wieder auf.

»Nee, nee, da gäbe es auch eine Ausrede. Er könnte doch sagen, dass er sie vor den Dieben in Sicherheit gebracht hat.«

»Ja, ja«, brummte Hanna. Sie wandte sich wieder der Schublade zu und wühlte darin herum. Schließlich nahm sie einen zusammengefalteten Zettel heraus. Florian hatte die Regale mittlerweile vollständig inspiziert und dabei das Seil gefunden, nach dem Henrik vorhin angeblich gesucht hatte. Er ging zu dem kleinen Wandschrank und öffnete ihn.

»He, das ist ein Plan!«, schrie Hanna plötzlich. Sie hielt Florian den auseinander gefalteten Zettel unter die Nase.

»Hmm«, machte der. »Eine beschissene Kopie. Aber immerhin.«

»So was wie ein Stadtplan«, murmelte Hanna, während sie ihren Finger über die Zeichnung gleiten ließ. »Das Haus der Bartmichels und das der Obsthubers. Unseres, der Hof der Luckstätters …«

»… und so weiter und so weiter.« Florian hob den Zettel triumphierend in die Höhe. »Das ist unser Beweis!«

»Komm, zeig nochmal her«, sagte Hanna, riss ihm die Zeichnung aus der Hand, legte sie auf den Tisch und strich sie glatt.

»Weißt du was?«, rief sie plötzlich. »Der ist gar nicht bei den Luckstätters.«

»Wieso?«, fragte Florian erstaunt und beugte sich neben sie über den Plan.

»Siehst du diese dicke Linie?«

»Klar.«

»Ich wette, die verbindet alle Häuser miteinander, wo Kaninchen geklaut werden sollten«, sagte Hanna.

Florian nickte.

»Und?«

»Na ja«, fuhr sie fort. »Die Linie ist an keiner einzigen Stelle unterbrochen. Sie beginnt bei den Bartmichels. Da sind die fünf, sechs Hasen, die die sowieso nur besaßen, schon ganz am Anfang geklaut worden. Und sie endet …«

»Am Krummhügel!«, schrie Florian und klopfte Hanna begeistert auf den Rücken. »Bei den Holzhäusers.«

»Genau«, brummte die. »Nur nützt uns das jetzt leider überhaupt nichts.«

»Aber zumindest könnten wir zur Belohnung für diese detektivische Meisterleistung ein bisschen Musik hören«, sagte Florian grinsend.

Hanna guckte ihn verständnislos an.

»Da drüben im Wandschrank ist nämlich ein Kassettenrekorder.«

»Was?«, rief Hanna. »Das ist bestimmt meiner. Ist er zusammengebaut?«

Jetzt war es Florian, der nicht so recht folgen konnte. »Natürlich«, sagte er.

»So natürlich ist das gar nicht«, entgegnete Hanna. »Henrik sollte ihn nämlich reparieren.« Sie drückte Florian ein wenig zur Seite und nahm den Kassettenrekorder aus dem Schrank. »Mal sehen, ob er wenigstens das hingekriegt hat.«

Sie drückte auf die Play-Taste und sofort erschallte der ganze Kellerraum in einem ohrenbetäubenden »dmpf-dmpf-dmpf-dmpf-dmpf«.

Florian presste die Hände auf seine Ohren und Hanna schob den Lautstärkeregler hastig nach unten. Er ließ sich wie immer ganz einwandfrei bewegen. Nur das Getöse wurde leider nicht leiser.

»Mach ihn um Gottes willen wieder aus«, rief Florian. Aber auch das ging nicht.

»Scheiße!«, brüllte Hanna.

Florian steckte sich seine Zeigefinger so tief wie möglich in die Ohren und ließ sich stöhnend auf den Stuhl fallen.

»O Gott, das überlebe ich nicht.«

In Hanna aber stieg die Hoffnung auf, dass Henriks Mutter sie da oben in ihrer Wohnung nun vielleicht doch endlich hören würde. Sie konnte ja nicht wissen, dass Frau Nissen ausgerechnet heute zu einem gemütlichen Doppelkopf-Abend bei den Mossbachs eingeladen war.

Das Küken macht eine Entdeckung

Leonie hatte den Hof der Luckstätters noch nicht ganz erreicht, da raschelte es plötzlich neben ihr in der Hecke und kurz darauf rannte ihr ein Gänseküken quer über die Füße.

»Na warte, gleich hab ich dich«, hörte sie die Stimme von Hannas Großvater, der kurz darauf ebenfalls aus der Hecke stürzte. Erschrocken schrie Leonie auf und Herr Zwiebelgeschnittner blieb wie festgenagelt vor ihr stehen.

»Was machst du denn hier?«, stotterte er. »Ich denke, du liegst mit Hanna oben …« Er stockte. »Wo ist sie überhaupt?«

»Bei den Luckstätters«, stieß Leonie hervor. »Die Kaninchendiebe stellen.«

»Die was?« Herr Zwiebelgeschnittner riss sich die Mütze vom Kopf. »Ja, seid ihr denn verrückt geworden! So was ist Sache der Polizei.«

»Nur, die pennt leider gerade gemütlich«, erwiderte Leonie und erzählte ihm rasch die ganze Geschichte.

»Ach, du liebe Güte!«, rief Hannas Großvater und zerrte an Leonies Arm. »Dann lass uns mal sehen, was noch zu retten ist.«

Und keuchend rannten sie die Straße weiter runter dem Hof der Luckstätters entgegen. Doch bereits vor der nächsten Querstraße schoss ihnen das kleine Gänseküken zwischen die Beine. Herr Zwiebelgeschnittner stolperte und fiel fast der Länge nach hin. Leonie duckte sich blitzschnell und konnte die Gans am Hals packen.

»Ist das etwa Hannas?«

Herr Zwiebelgeschnittner nickte und Leonie stöhnte.

»Dann hat sie ausgerechnet heute vergessen, es in die Kiste zu tun?«

»Nein«, sagte Hannas Großvater. Er zupfte Leonie wieder am Ärmel. »Komm, lass uns weiterlaufen.«

Leonie drückte die kleine Gans an ihre Brust und während sie weiterrannten, erzählte Herr Zwiebelgeschnittner stockend, dass er am Abend die längst geplante Klapptür in die Gänsekiste eingebaut habe. Aber in der Nacht sei er von einem fürchterlichen Traum wach geworden. Tausende kleiner Gänseküken seien aus dem Dorf in die Wildnis geflohen und hätten eine völlig in Tränen aufgelöste Hanna zurückgelassen.

»Bescheuert«, sagte Leonie.

Herr Zwiebelgeschnittner zuckte die Achseln.

»Na ja. Jedenfalls hatte ich auf einmal Bedenken, ob die Idee mit der Klapptür auch wirklich so gut gewesen ist.«

»Sie haben nachgeschaut und …«

»… dabei ist sie dann entwischt.«

»Jetzt haben wir sie ja wieder«, sagte Leonie.

»Wollen wir hoffen, dass es mit Hanna ebenso gut klappt.«

»Und Florian und Henrik.«

»Florian und Henrik?«

»Ja, meinen Sie etwa, Hanna macht das allein?«, rief Leonie empört.

»Nein, natürlich nicht.« Herr Zwiebelgeschnittner seufzte. »Sie ist ja ein vernünftiges Kind.«

Bis zum Ende der Wendelchaussee rannten sie schweigend nebeneinander her. Endlich tauchte vor ihnen der Luckstätter-Hof auf.

»Alles ganz dunkel und still«, flüsterte Leonie.

»Ja dachtest du, die machen Festbeleuchtung beim Karnickelklau?«, grunzte Herr Zwiebelgeschnittner.

Neben einer alten Eiche blieben sie stehen, um zu verschnaufen. Angestrengt starrten sie zum Hof hinüber und lauschten.

»Ich glaube, da ist wirklich nichts«, sagte Leonie.

»Und wozu dann das ganze Theater?«, grunzte Herr Zwiebelgeschnittner.

»Vielleicht waren sie ja gar nicht hier. Die Diebe, meine ich. Der Henrik hatte ja auch nur so ein Gefühl.«

»So, so«, sagte Hannas Großvater gedehnt. »Weißt du überhaupt, was das heißt, wenn pubertierende Jungen so ein Gefühl haben?«

Leonie schüttelte den Kopf.

»Aber ich«, erwiderte Herr Zwiebelgeschnittner. »Und das hat eher mit Imponiergehabe zu tun als mit gestohlenen Hasen.«

Leonie lachte auf. Sie war kurz davor, ihm einen Vogel zu zeigen.

»Das hieße ja dann, dass der Henrik nur auf sich aufmerksam machen wollte. Die Mümmelnasen vielleicht selber geklaut hat?«

Herr Zwiebelgeschnittner nickte. »In meiner Jugend waren derartige Unternehmungen sozusagen an der Tagesordnung.« Er zwinkerte Leonie zu. »Trotzdem wüsste ich gerne, wo meine Enkelin gerade steckt.«

Kaum hatte er das ausgesprochen, fing das Gänseküken in Leonies Arm wie wild an zu zappeln.

»Lass es ruhig runter«, sagte Hannas Großvater. »Ich glaube, jetzt, wo du dabei bist, läuft es uns nicht mehr weg.«

Aber da irrte er sich. Sobald die kleine Gans festen Boden unter den Watschelfüßen hatte, reckte sie kurz ihren Hals in die Höhe, zwitscherte etwas und rannte schließlich in entgegengesetzter Richtung davon.

»Mist!«, fluchte Herr Zwiebelgeschnittner und warf seine Kapitänsmütze wütend zu Boden.

Leonie schrie: »Du selten blöde Blaumütze! Dann zeig uns jetzt wenigstens, wo Hanna ist«, und rannte dem Küken hinterher.

Herr Zwiebelgeschnittner stöhnte, klaubte seine Mütze wieder auf und setzte sich ebenfalls in Bewegung.

Einige Minuten liefen die beiden dem Gänseküken nach, bis sie merkten, dass sie sich allmählich Hannas Zuhause näherten.

»Die will in ihren Stall zurück«, schnaufte Leonie. Sie blieb stehen und hielt sich keuchend die Seite.

Eine Sekunde später schlug die kleine Gans eine andere Richtung ein und verschwand schließlich unter einer dicht gewachsenen Buchsbaumhecke.

»Dieses dumme Vieh!«, schimpfte Herr Zwiebelgeschnittner. »Wenn es so weitermacht, landet es doch noch im Ofen.«

»Das würde Hanna Ihnen nie verzeihen«, entgegnete Leonie, während sie sich neben Herrn Zwiebelgeschnittner auf den Bürgersteig kniete. Sie ließen sich auf den Bauch fallen und zogen sich ächzend unter der Hecke hindurch.

Und als Leonie Hannas Großvater auf der anderen Seite endlich wieder auf die Füße half, sahen sie gerade noch, wie die kleine Blaumütze laut piepsend und heftig mit den Flügeln schlagend hinter dem Wohnhaus verschwand.

»Sie muss taub sein«, murmelte Hanna. »So einen Lärm kann man doch gar nicht überhören.«

Damit meinte sie natürlich Frau Nissen, Henriks Mutter, die einfach nicht auftauchen wollte.

»Jetzt halt endlich die Klappe!«, fauchte sie ihren Kassettenrekorder an. Sie sah hinüber zu Florian, der seit ein paar Minuten seinen kleinen grauen Stein fest umklammert hielt. »Der hört doch genauso wenig auf dich wie mein Rekorder auf mich.«

Florian schüttelte unwillig den Kopf.

»Es ist genau umgekehrt«, rief er Hanna zu. »*Ich* muss auf *ihn* hören. Aber das ist bei diesem Lärm leider völlig unmöglich.«

»Meinst du, der lässt sich überhaupt nochmal reparieren?«, fragte sie.

»Keine Ahnung!«, brüllte Florian.

Hanna sah zwar keinen großen Nutzen darin, dass der Florian sich in Ruhe mit seinem Stein unterhalten konnte, aber das Getöse des Kassettenrekorders war ihr nun auch zu viel. Kurzerhand packte sie ihn am Tragegriff und schleuderte ihn mit voller Wucht auf den Boden.

Er zersprang in genau vier Teile, dudelte aber in unverminderter Lautstärke weiter.

»Was ist denn das für ein Mistding!«, schrie Florian.

Hanna fackelte nicht lange. Entschlossen trampelte

sie so lange auf den Einzelteilen herum, bis endlich Ruhe war. Im selben Augenblick glaubte sie ein leises Piepsen zu hören und sah zum Kellerfenster hinüber.

Und tatsächlich! Das kleine Gänseküken hatte seinen Kopf zwischen den Gitterstäben hindurchgesteckt und tänzelte aufgeregt auf seinen Watschelfüßen hin und her.

»Die Musik!«, rief Hanna. »Na klar, die Musik hat es angelockt.«

Hastig schoben die beiden Kinder den Stuhl wieder unter das Fenster. Hanna stieg hinauf, zog das Küken vorsichtig am Hals durch die Gitterstäbe und drückte es an ihre Brust.

»Völlig unmöglich«, erwiderte Florian. »Die Musik, wie du diesen Krach nennst, war zwar unerträglich laut, aber bis zu dir konnte man sie bestimmt nicht hören.«

»Na gut, dann ist das Küken eben ausgebüchst, irgendwie in diese Gegend geraten und dann der Musik gefolgt«, überlegte Hanna laut. »Wieso das denn?«

»Das ist wohl meine Schuld«, sagte eine Stimme vom Kellerfenster herüber, und als Hanna erschrocken herumfuhr, stellte sie voller Freude fest, dass dort oben der Kopf ihres Großvaters zu sehen war.

»Opa, hol uns schnell hier raus!«

»Leicht gesagt. Es ist nämlich abgeschlossen.«

Natürlich.

»Was ist mit Henriks Mutter?«, rief Hanna aufgeregt. »Die muss doch einen Schlüssel haben.«

»In Ordnung«, sagte Herr Zwiebelgeschnittner. »Wir sehen mal nach.«

»Wir?«, fragte Hanna, aber da war der Kopf ihres Großvaters schon wieder verschwunden. »Wer ist denn noch mit?« Sie verdrehte die Augen. »Na, hoffentlich nicht meine Oma!«

Henrik sprang auf und lief dem grünen Lieferwagen entgegen, der auf ihn zurollte. Das Fahrzeug hielt ein paar Meter vor der Auffahrt zum Hof und das Fenster auf der Fahrerseite wurde heruntergekurbelt.

»Na endlich. Ich dachte schon, Sie kommen nicht mehr«, sagte Henrik leise.

»Das lass mal unsere Sorge sein, mein Junge«, entgegnete eine tiefe Stimme aus dem Wageninneren. »Jetzt zeig uns lieber, wo wir langmüssen.«

Henrik drehte sich um und beschrieb mit seinem Arm einen Bogen nach rechts. »Hinter den Ulmen geht direkt vor dem Maisfeld ein Weg ab. Der führt bis in die Nähe der Bullenställe, wo auch die Karnickel untergebracht sind«, erklärte er. »Und später können Sie von dort aus direkt über die Feldwege zur Hauptstraße. Dann müssen Sie nicht nochmal durchs Dorf fahren.«

»Gut, Junge«, brummte die Stimme. »Und die Viecher, die du im Keller hast, holen wir dann nächste Woche ab. Ein paar Tage wirst du sie ja wohl noch durchfüttern können.«

Henrik nickte.

»Tote Hasen können wir nämlich nicht gebrauchen. Wir sind schließlich keine Markttanten, die ein paar hübsche Braten verkaufen wollen.«

Die Stimme im Lieferwagen lachte. Und Henrik rieselte ein kalter Schauer über den Rücken. Langsam wurde die Fensterscheibe wieder hochgekurbelt und das Auto fuhr an.

Henrik rannte hinter ihm her und fuchtelte mit einem Arm durch die Luft.

»Und denken Sie bloß an den Hund!«, brüllte er, schlug sich sofort die Hand auf den Mund und schielte zum Wohnhaus der Holzhäusers hinüber. Doch zum Glück blieb alles dunkel.

Hanna war heilfroh, als ihr Großvater endlich zurückkehrte.

»Niemand daheim«, sagte er durch die Gitterstäbe. »Oder Frau Nissen schläft bombenfest.« Er blickte sich suchend im Kellerraum um. »Was ist denn mit Henrik? Hat der keinen Schlüssel?«

»Der hat uns doch eingesperrt«, rief Florian nach oben.

»Ja, der steckt nämlich mit den Dieben unter einer Decke«, bestätigte Hanna. »Und im Moment räumen sie wahrscheinlich gerade die Hasenställe der Holzhäusers leer.«

Herr Zwiebelgeschnittner schüttelte den Kopf, weil in ihm tausend Fragen durcheinander sausten. Aber am Ende sagte er nur: »Ach du lieber Himmel!«

Auf einmal erscholl Leonies Stimme aus dem Garten.

»Sehen Sie mal, was ich gefunden habe!«

Fünf Sekunden später standen sich Hanna, Florian, Herr Zwiebelgeschnittner und Leonie in der offenen Tür gegenüber.

»Da hat der doch glatt seinen Schlüssel verloren, dieser Hirni«, geiferte Florian. »Hoffentlich macht er gerade noch ein paar solcher Fehler. Dann ist der Fall bald gelöst.«

»Moment mal«, sagte Herr Zwiebelgeschnittner. »Für euch ist der Fall hiermit beendet, das ist doch wohl klar. Den Rest darf mein werter Schießkollege Karl Fehlhuber erledigen.«

»Na logisch.« Leonie fing an zu kichern. »Das macht der ja sozusagen im Schlaf.«

»Ach du meine Güte«, rief Hannas Großvater. »Das habe ich ja völlig vergessen. Na ja, irgendjemand wird auf der Wache schon sein.« Er nickte den drei Kindern nacheinander zu. »Ich schlage vor, wir gehen erst einmal zu uns und ich rufe von dort die Polizei an.«

Hanna war mit der Entwicklung der Angelegenheit überhaupt nicht einverstanden. Aber ihr Großvater hatte jetzt nun mal das Sagen. Trotzdem stopfte sie vorsichtshalber Henriks Seil in ihre Jackentasche. Man konnte ja nie wissen! Vielleicht würde sie es doch noch zu irgendetwas brauchen.

Auf der Wache meldete sich niemand.

»Das kann doch nicht wahr sein, dass der Karl da

nachts ganz allein sitzt«, polterte Herr Zwiebelgeschnittner. »Na, dann ruf ich eben die Wache in Gangersbach an.«

»Och, bis die hier sind«, maulte Hanna. »Das dauert ja ewig. Bis dahin sind die Hasendiebe doch längst über alle Berge.«

»Hoffentlich tun sie dem Henrik nichts«, murmelte Leonie.

»Ach, dieser Blödkopf«, sagte Hanna. »Der hat drei triefend fette Fehler gemacht und gar nichts anderes verdient.«

»Na, hör mal!«, erwiderte ihr Großvater.

»Ja, ja, ich weiß«, knurrte Hanna. »Selbst seinem ärgsten Feind wünscht man nichts Schlechtes.«

Herr Zwiebelgeschnittner nickte und sah Leonie nachdenklich an.

»Nein, wir dürfen kein Risiko eingehen«, sagte er schließlich. »Wir müssen dafür sorgen, dass dem Jungen nichts geschieht.«

»Am besten, du nimmst dein Luftgewehr mit«, schlug Hanna vor.

Ihr Großvater wollte zunächst widersprechen, aber dann hielt er das doch für keine so schlechte Idee.

»Na ja«, sagte er. »Vielleicht hast du Recht. Vielleicht können wir diesen Kerlen mit dem alten Ding tatsächlich imponieren.«

Er tapste ins Wohnzimmer und holte die Büchse aus dem Stahlschrank, in dem er sie immer sicher verschlossen hielt. Dann ging er zum Schlüsselbrett und nahm mit zitternden Fingern ein Bund vom Haken.

»Ich glaube, wir nehmen lieber den BMW, der ist schneller als meine Ente.«

»Haben Sie Angst?«, fragte Leonie erschrocken und starrte auf seine Finger.

»Ja, mein Kind, das habe ich.«

Hanna schluckte. Urplötzlich wurde ihr bewusst, wie gefährlich die Sache werden konnte. Auch Florian war mit einem Schlag ganz weiß um die Nase. In seiner Hosentasche hielt er den kleinen Stein fest umklammert und spürte, wie der immer heißer wurde.

Herr Zwiebelgeschnittner lauschte noch einmal kurz nach oben und murmelte: »Der Schlaf ist mit den Ahnungslosen.«

Dann verließen sie das Haus und öffneten die Türen von Herrn Blombergs 5er-BMW. Im selben Moment ertönte ein durchdringendes jaulendes Geräusch.

»Jetzt hat der sogar in seinen eigenen Wagen eine von diesen blöden Alarmanlagen einbauen lassen!«, stöhnte Hannas Großvater. Er öffnete die Klappe des Handschuhfachs und murmelte: »Na, wer sagt's denn.« Dann zog er einen Hammer heraus und schlug damit so lange auf die jaulende Alarmbox ein, bis sie verstummte.

»Puh!«, stöhnte Hanna und sank erleichtert auf den Beifahrersitz. Sie hielt das Gänseküken, das inzwischen sein Köpfchen unter einen der flauschigen Flügel gesteckt hatte, noch immer fest im Arm.

Herr Zwiebelgeschnittner wartete, bis alle Kinder auf ihren Plätzen saßen, und startete den Motor. Und dann rasten sie die Hauptstraße entlang, an Hauptwachtmeister Fehlhubers Streifenwagen vorbei dem Krummhügel entgegen.

Auf den ersten Blick wirkte alles ganz ruhig.

»Wie vorhin bei den Luckstätters«, flüsterte Leonie.

»Wahrscheinlich ist längst alles gelaufen«, sagte Herr Zwiebelgeschnittner und parkte den BMW neben den hohen Ulmen am Straßenrand.

»Das glaube ich nicht«, erwiderte Florian. Er streckte seine Hand nach vorne und hielt Hanna den kleinen grauen Stein unter die Nase. »Fühl mal, wie glühend heiß der ist.«

»Quatsch!«, knurrte sie und machte keinerlei Anstalten, seiner Aufforderung nachzukommen.

»Dann eben nicht«, brummte Florian und ließ den Stein wieder in der Hosentasche verschwinden. »Ich weiß schon, was ich weiß.«

»Jetzt hört auf euch zu streiten«, sagte Herr Zwiebelgeschnittner. Er umklammerte seine Luftbüchse und öffnete leise die Autotür. »Ich sehe mal nach und wenn wirklich was los ist, wecke ich den alten Holzhäuser. Und ihr …« Er sah die drei Kinder mahnend an. »… ihr bleibt gefälligst so lange hier sitzen.«

Hanna stöhnte und nickte, weil sie wusste, dass ihr Großvater alles andere sowieso nicht akzeptieren würde.

Die Kinder warteten, bis Herr Zwiebelgeschnittner in der Dunkelheit verschwunden war, und stiegen dann ebenfalls aus dem Wagen.

»Ich alarmiere besser sofort den Bauern«, sagte Leonie.

»Gar nichts wirst du«, zischte Hanna. »Stell dir mal vor, was passiert, wenn da gar nichts los ist. Du weißt doch, wie knurrig der olle Holzhäuser sein kann.«

»Und was ist mit dem Küken?«, fragte Florian. »Soll das etwa auch mit?«

Hanna schüttelte den Kopf. Vorsichtig legte sie die kleine Gans auf ihrem Sitz ab. Die reckte nur einmal ihr Köpfchen, schlief dann aber sofort wieder ein.

Die drei Kinder sahen sich kurz an und schlichen dann leicht geduckt durch das Hoftor die fahl beleuchtete Auffahrt hinauf.

Volltreffer!

»Am besten wir bleiben, solange es geht, im Dunkeln«, flüsterte Florian.

Leonie nickte.

»Gleich hinter dem Wohnhaus ist der Eingang zur Futterkammer«, sagte Hanna. »Dahinter ist ein kleiner Ziegenstall und dann kommen die Bullen.«

»Die ja zum Glück schon draußen sind«, seufzte Leonie.

»Du kennst dich aber gut aus«, sagte Florian anerkennend.

Hanna winkte ab. »Och, wir haben im letzten Schuljahr mit der Klasse hier mal eine Besichtigung gemacht.«

Florian nickte. Obwohl es nicht besonders kalt war, fröstelte er. Er schloss den Reißverschluss seiner Windjacke bis zum Hals und zog sich die hellblaue Mütze bis über die Ohren.

Leonie stupste Hanna an. Die beiden Mädchen blinzelten sich zu und beide mussten grinsen.

»Los jetzt«, befahl Florian, der anscheinend nichts davon bemerkt hatte.

Dicht hintereinander rannten die Kinder im Schatten der Ulmen entlang, bis sie sich auf gleicher Höhe mit dem riesigen Mähdrescher befanden, der mitten auf dem erleuchteten Hof stand. Sie sahen sich nach allen Seiten um. Schließlich gab Hanna ein Zeichen. Leonie und Florian nickten. Dann sausten die drei so schnell sie konnten zum Mähdrescher hinüber und verbargen sich hinter ihm in der Dunkelheit.

Sie verschnauften ein paar Sekunden und lauschten angestrengt. Noch immer war nichts zu hören.

»Komisch, dass der Hund nicht anschlägt«, flüsterte Leonie.

»Vielleicht haben sie ihm einen Knochen gegeben«, sagte Hanna und zeigte zu den Stallungen hinüber. »Seht ihr die Tür da, gleich hinter dem Haus? Da müssen wir rein.«

»Na, hoffentlich ist sie nicht abgeschlossen«, entgegnete Florian.

Hanna schüttelte den Kopf.

»Bestimmt nicht. Hier schließt niemand was ab.«

Aber bis vor einer Woche war in ihrem Dorf auch noch nie etwas weggekommen.

Henrik hatte den beiden Männern geholfen, die Kartons bis zu den Kaninchenställen zu schleppen. Mittlerweile hockte er auf einem Stapel Heuballen in einer Ecke des Bullenstalles und sah ihnen dabei zu, wie sie die Tiere an den Ohren aus den Käfigen zogen und in die Kartons verfrachteten.

»Das sind fast hundert Stück«, hörte er den dünnen Alfred sagen. Der Kleine mit den haarigen Händen, dessen Namen Henrik nicht kannte, lachte. »Wenn du mich fragst, brauchen wir die Viecher, die der Junge zu Hause hat, gar nicht mehr. Besser wir verschwinden erst mal für zwei, drei Wochen über die Grenze.«

Henrik kniff die Augen zusammen. Das durfte ja wohl nicht wahr sein! Obwohl der Haarige sehr leise gesprochen hatte, hatte er doch alles ganz genau verstanden. Eigentlich hatten sie Henrik versprochen, dass er in einer Woche, wenn sie die Hasen bei ihm abholten, sein Geld bekommen sollte. Und nun wollten sich die beiden Kerle einfach so aus dem Staub machen.

Henrik überlegte. Den dünnen Alfred auf den Betrug anzusprechen, wagte er nicht. Denn er war sich ziemlich sicher, dass die beiden ihn sofort kaltstellen würden. Vor ein paar Minuten hatte der Haarige dem Hofhund, noch bevor der einen Mucks von sich geben konnte, eine Betäubungsspritze verpasst. Und Henrik konnte sich nur zu gut ausmalen, dass dieser unangenehme Kerl auch bei ihm davor nicht zurückschrecken würde.

Nein. Seitdem Henrik die beiden Mädchen – und insbesondere die sommersprossige Hanna – besser kannte, war ihm bei der ganzen Sache immer unwohler geworden. Und jetzt, nachdem die beiden Diebe auch ihn noch übers Ohr hauen wollten, war er fest entschlossen, ihnen einen dicken Strich durch die Rechnung zu machen.

Als die Tür hinter ihnen zugefallen war, tastete Leonie nach dem Lichtschalter. Zögernd flackerte eine nackte kleine Birne an der Decke auf.

Die Kinder sahen sich um. Hanna ging auf die gegenüber liegende Tür zu, öffnete sie einen Spalt, schloss sie aber sofort wieder.

»Alles voller Ziegen«, sagte sie und lehnte sich mit dem Rücken dagegen. »Die fangen bestimmt an zu meckern, wenn wir da reingehen.«

»Mist!«, fluchte Florian und zog sich die Mütze vom Kopf.

»Ziegen sind doch immer hungrig«, überlegte Leonie laut. »Wie wäre es, wenn wir einfach was zu fressen mit reinnehmen?«

»Klar, am besten von diesen getrockneten Karnickelkütteln.«

Hanna deutete auf einen der beiden Futtertröge, in denen sich das Trockenfutter befand. Sie sahen sich nach geeigneten Behältern um, fanden aber nichts.

»Wir nehmen deine Mütze«, sagte Hanna schließlich zu Florian. Der fing sofort an zu protestieren, musste dann aber einsehen, dass es keine andere Möglichkeit gab. Und so begannen er und Leonie damit, das Trockenfutter hineinzufüllen.

Hanna, die noch immer an der Tür zum Ziegenstall lehnte, riss auf einmal entsetzt die Augen auf. »Da ist jemand«, flüsterte sie und stemmte sich mit aller Macht gegen die Tür.

Florian schüttete schnell den Inhalt seiner Mütze in den Trog zurück. »Lass ihn rein«, sagte er leise.

Hanna holte tief Luft und sprang mit einem Satz von der Tür weg. Die flog auf und Henrik fiel der Länge nach in die Futterkammer. Er stöhnte kurz auf, drehte sich auf den Rücken und machte Anstalten aufzustehen. Doch Hanna und Florian stürzten sich sofort auf ihn und rissen ihn wieder zu Boden. Und als Henrik den Mund aufriss, stopfte Florian ihm kurzerhand seine Mütze hinein.

»Verräter!«, zischte Hanna. »Was hast du dir nur dabei gedacht? Und wo ist mein Opa?«

Henrik starrte sie mit weit aufgerissenen Augen an und versuchte etwas zu sagen.

»Vielleicht solltet ihr die Mütze doch wieder rausnehmen«, sagte Leonie.

»Und was ist, wenn er losschreit? Dann sind seine Kumpane gewarnt«, entgegnete Hanna.

Henrik packte Florians Arme und drückte sie mit aller Kraft zur Seite. Er spuckte die Mütze aus und zischte: »Ich mach gar nicht mehr mit.«

»Ist das dein Ernst?«, fragte Hanna.

Henrik nickte. »Ich wollte gerade den alten Holzhäuser aus dem Bett holen.«

Hanna runzelte die Stirn.

»Wir dürfen ihm nicht glauben«, sagte Florian. »Er hat uns schon einmal reingelegt.«

»Was bleibt uns denn anderes übrig?«, warf Leonie ein. »Wir haben bestimmt nicht mehr viel Zeit.«

»Okay«, entschied Hanna und gab Henriks Beine frei. Die Kinder rappelten sich hoch und Florian begann von neuem seine Mütze mit Trockenfutter zu füllen.

»Hast du meinen Großvater gesehen?«, fragte Hanna.

Henrik schüttelte den Kopf. »Ich geh jetzt zum Holzhäuser«, sagte er.

»Leonie geht mit«, bestimmte Hanna. »Und Florian und ich halten die beiden Kerle in Schach, bis ihr wieder da seid.«

Sie nickten einander zu. Und während Henrik und Leonie nach draußen verschwanden, öffnete Hanna die Tür zum Ziegenstall.

Die Tiere drängten sich dicht an die beiden Kinder heran. Und Florian begann eilig damit, ihnen die getrockneten Presswürmer vor die Mäuler zu halten, die die Ziegen sogleich gierig verschlangen. Einige sprangen mit ihren Vorderhufen an ihm hoch, jede wollte die Erste und Einzige sein, die etwas von dem Futter bekam.

»So kommen wir hier nie weiter«, sagte Hanna. »Los, duck dich und kriech zwischen ihnen durch.«

Florian tippte sich an die Stirn. »Ich bin doch nicht lebensmüde.«

»Ach ja!«, knurrte Hanna.

Kurz entschlossen riss sie ihm die Mütze aus der Hand und robbte sich zwischen den Ziegen hindurch bis in den hinteren Teil des Stalles. Die Tiere verstanden sofort, dass das begehrte Futter seinen Besitzer gewechselt hatte. Augenblicklich änderten sie die Richtung, hopsten nun auf Hanna zu und trieben sie vor sich her in den Bullenstall.

Die beiden Kerle, die sich ganz hinten bei den Kaninchen zu schaffen machten, sah sie sofort. Und ebenso schnell reagierte Hanna auch. Mit aller Kraft schleuderte sie die noch gut gefüllte Mütze den Dieben direkt vor die Füße. Anschließend warf sie sich zu Boden und hielt sich schützend die Arme über den Kopf. Schon sprangen die ersten Ziegen über sie hinweg und umzingelten die beiden Männer.

Der Haarige bückte sich und versuchte nach der Mütze zu greifen, wurde aber sogleich von einem großen weißen Bock zurückgestoßen.

»Hilfe!«, schrie er. »Alfred, halt mir die Viecher vom Hals.«

»Schnapp dir ’n Karton und sieh zu, dass du mitkommst«, rief der Dünne seinem Kumpel zu. Er hatte bereits einen Karton auf dem Arm und fing an, sich durch die Ziegenherde in Richtung Ausgang zu arbeiten.

Hanna hatte sich mittlerweile hinter die aufgeschichteten Heuballen ins Halbdunkel geschlichen. Von dort aus hatte sie die beiden Kerle im Blick und sie konnte sehen, wie Florian auf allen vieren hinter der Futterrinne auf sie zukroch.

»Und jetzt?«, flüsterte er, als er sich neben sie kauerte.

»Hoffentlich kommt Henrik bald«, erwiderte Hanna und starrte durch die halb geöffnete Schiebetür

nach draußen, wo der grüne Lieferwagen stand. »Dann sitzen sie in der Falle.«

Sie zog das Seil, das sie aus Henriks Zimmer mitgenommen hatte, aus ihrer Jackentasche.

»Was willst du denn damit?«, fragte Florian.

»Weiß ich noch nicht.« Sie zuckte die Achseln. Dann schaute sie wieder zum Tor und schrie plötzlich leise auf. »Mein Opa! Er hat das Auto geholt!«

Hanna und Florian sahen, wie der weiße BMW quer hinter dem Lieferwagen anhielt und so den Fluchtweg durch die Maisfelder versperrte.

»So eine Scheiße!«, brüllte Alfred und ließ seinen Karton fallen. Er packte eine Ziege bei den Hörnern, duckte sich und schubste sie vor sich her ins Freie. »Kuno, mach voran!«

Die anderen Tiere sprangen aufgeregt durcheinander und folgten zögernd Alfred und der Ziege, die er als Schutzschild benutzte. Der haarige Kuno ging langsam auf das Schiebetor zu.

»Stehen bleiben oder ich schieße!«, rief Herr Zwiebelgeschnittner aus der Dunkelheit.

»Hoffentlich glauben die ihm das«, stöhnte Hanna. »Großvater würde nämlich niemals auf Tiere zielen.«

Florian nickte nachdenklich. »Wo bleibt bloß dieser blöde Henrik?«, schnaubte er. »Vielleicht ist der schon längst über alle Berge.«

»Quatsch! Leonie ist doch bei ihm. Aber trotzdem müssen wir jetzt irgendwas tun. Zumindest diesen Kuno da aufhalten, bevor der auch noch aus dem Stall raus ist.«

Hanna drückte Florian ein Ende des Seils in die Hand und raunte ihm etwas zu. Dann schlichen die beiden um die Strohballen herum auf das Stalltor zu.

»Jetzt«, flüsterte Hanna.

Und schon sprang Florian mit dem Seilende in der Hand mit einem Riesensatz auf die gegenüberliegende Seite. Kuno, der gerade hinaustappen wollte, schrak zusammen und rannte dann los. Hanna schrie auf und spannte mit einem Ruck das Seil. Und als Kuno mit seinem Bauch dagegen lief, rasten die beiden Kinder in entgegengesetzter Richtung um ihn herum, bis das Seil vollständig um seinen Körper gewickelt war.

»Vorsicht! Die haben ein Betäubungsgewehr«, ertönte plötzlich hinter ihnen Henriks Stimme. Hanna drehte sich um und erblickte außer ihm auch noch den alten Holzhäuser, Leonie und Polizeihauptmeister Fehlhuber. Der Polizist zog seine Dienstwaffe und hielt sie Kuno ins Genick.

»Im Namen des Gesetzes«, brüllte er. »Sie sind verhaftet.«

»Das Gewehr müssen sie im Auto gelassen haben«, sagte Hanna. »Ich habe jedenfalls keins gesehen.«

»Und wo ist Alfred?«, fragte Henrik.

Florian zeigte nach draußen.

Die vier Kinder stürzten gleichzeitig durch das Schiebetor und sahen, dass sich der dünne Alfred bereits ein gutes Stück entfernt hatte. Da ließ er die Ziege, die er noch immer an den Hörnern hielt, plötzlich los und richtete sich auf.

Florian schnellte hoch, schleuderte seinen Stein in Alfreds Richtung und traf ihn genau zwischen den Schulterblättern. Der Hasendieb fuhr erschrocken herum, stolperte und fiel wie ein nasser Sack zu Boden.

»Tatsächlich«, sagte Hanna spöttisch. »Der hat ja wirklich magische Kräfte.«

»Vergiss es, ich kann einfach nur gut werfen«, erwiderte Florian.

Die Ziegen hatten mittlerweile begriffen, dass es kein Trockenfutter mehr gab, und sich in alle Richtungen verteilt. Und so konnten die Kinder ungehindert losrennen, um sich auf den dünnen Alfred zu stürzen.

»Stopp!«, rief Herr Zwiebelgeschnittner, der auf einmal neben ihnen auftauchte. In ein paar Sätzen war er bei dem Dieb angekommen und drückte ihm den Lauf seiner Luftbüchse auf den Rücken. Alfred stöhnte. Und die Kinder jubelten.

»Da ist ja auch deine Blaumütze!«, rief Leonie und zeigte auf die kleine Gans, die leise säuselnd zwischen den Ziegen herumwatschelte. Dann und wann nahm sie etwas vom Boden auf und schnäbelte es in sich hinein.

»Und wo ist mein Stein?«, fragte Florian. »Den muss ich unbedingt wiederhaben.«

Hanna und Leonie grinsten sich an. Und dann sahen sie, wie das Gänseküken nach etwas Größerem pickte und unter erheblichen Schwierigkeiten herunterschluckte.

Hanna fing an zu lachen. »Ich glaube, ich weiß, wo er ist, dein magischer Stein.«

»Wie kann man bloß etwas verkaufen, von dem man weiß, dass es nichts taugt?«, fragte Frau Blomberg ihren Mann. Ihre Stimme klang vorwurfsvoll.

Hannas Vater sah auf. Er lag auf dem Sofa und blätterte in der Morgenzeitung.

»Meinst du etwa, ich bin besonders begeistert, dass keiner von uns die Alarmanlage des BMW gehört hat?«, entgegnete er. »Aber was soll ich denn machen? Das ist nun mal mein Job. Außerdem gibt es für solche Dinger keine Garantie bei besonders festem Schlaf.«

»Du machst es dir aber einfach«, brummte seine Frau. Sie steckte die Polsterbürste auf den Staubsaugerschlauch, schaltete das Gerät ein und begann die Sofalehne abzusaugen.

»Muss das ausgerechnet jetzt sein?«, knurrte Herr Blomberg.

Hannas Mutter schaltete den Staubsauger aus und Herr Blomberg lächelte zufrieden.

»Man sollte einmal eine ganz andere Alarmanlage erfinden«, sagte seine Frau. »Eine für Männer, die immer im Weg herumliegen oder für die Hausarbeit ein Fremdwort ist und die sich stattdessen mit dem Verkauf irgendwelcher unnützer Sachen wichtig machen.«

Dann drückte sie ihm die Polsterbürste in die Hand und verschwand in der Küche. Herr Blomberg setzte sich auf und guckte ihr vollkommen entgeistert hinterher.

Hanna, die gerade dabei war, vier Gläser mit Zitronentee zu füllen, unterdrückte ein Lachen. Herr

Zwiebelgeschnittner faltete sorgfältig die letzte Serviette, klappte sein Bügelbrett zusammen und sagte:

»Tja, mein Sohn. Es hat dich ja niemand gezwungen, ausgerechnet meine Tochter zu heiraten. Aber ich glaube, wenn du nicht allmählich anfängst ihr ein bisschen unter die Arme zu greifen, dann verschwindet sie eines Tages mit irgend so einem neumodischen Fortbewegungsentmaterialisierer im unendlichen Universum und heiratet einen putzbegeisterten Außerirdischen.«

»Ha, ha, ha«, machte Herr Blomberg und trat wütend mit dem Fuß auf den Staubsaugerschalter.

Hanna prustete los. Sie postierte die Gläser auf einem kleinen Holztablett und jonglierte das Ganze laut lachend in den Garten hinaus.

Als sie bei den drei anderen Kindern ankam, war ihre Miene aber wieder todernst. »Eigentlich müsste ich dir den Zutritt zu unserem Garten verweigern«, sagte sie zu Henrik.

»Okay, ich hab Mist gebaut«, gab er kleinlaut zu. »Aber ich mach's ja wieder gut.«

»So?«, fragte Florian, der das Gänseküken nicht aus den Augen ließ. »Wie das denn?«

»Erst mal schenke ich Hanna meinen Rekorder.«

»Was?«, schrie Hanna und riss sich die blaue Baseballkappe vom Kopf.

»Pass lieber auf, dass deine Sommersprossen nicht überhand nehmen, statt hier so rumzuschreien«, frotzelte Leonie.

»Och«, sagte Henrik und lächelte verlegen. »Ich finde die Dinger eigentlich ganz süß.«

Hanna spürte, wie ihr das Blut in den Kopf schoss. Und damit Henrik das bloß nicht mitbekam, stürzte sie auf Leonie los und jagte sie so lange kreuz und quer durch den Garten, bis sie das Gefühl hatte, dass ihre Gesichtsfarbe wieder einigermaßen normal war.

»Hast du nicht gesagt, die kackt, wo sie geht und steht?«, fragte Florian, als die Mädchen sich wieder neben den beiden Jungen ins Gras fallen ließen. »Wir hocken hier jetzt schon über eine Dreiviertelstunde und die hat noch kein einziges Mal gemacht.«

»Vielleicht ist er schon lange durch«, erwiderte Leonie.

»Und liegt hier irgendwo in der Gegend herum«, führte Hanna diese Möglichkeit weiter und machte dabei mit ihrem Arm eine ausschweifende Bewegung. »Dann kannst du ihn allerdings vergessen.«

Die kleine Gans erhob sich, zupfte einige Grashalme aus und machte ein paar Schritte. Und Hanna sah durch den Maschendraht des Laufgitters ihren wieder vollzählig vor sich hin mümmelnden Kaninchen beim Karotteneinziehen zu.

»War ganz schön aufregend, die letzte Nacht, was?«, stieß sie hervor. »Bis die ganzen Tiere wieder in ihren Ställen waren …«

Ja. Leonie nickte. So bald wollte sie ein solches Abenteuer jedenfalls nicht mehr erleben.

»Die beiden Kerle müssen sie aber gleich wieder freilassen«, sagte Florian. »Sagt jedenfalls mein Vater.«

»Wie bitte?«, fuhr Hanna ihn an.

Florian, der noch immer ununterbrochen der kleinen Gans hinterherschaute, nickte. »Ja, die können jetzt in aller Seelenruhe auf ihre Gerichtsverhandlung warten. Ein Kaninchendiebstahl ist eben nichts.«

»Puh!«, machte Hanna und zog eine Schnute. »Dass Tierquälerei nichts sein soll, daran werde ich mich nie gewöhnen.«

»Wieso?«, sagte Henrik. »Was die Kerle mit den Hasen vorhatten, das werden sie doch sowieso niemals zugeben.«

Hanna sah ihn scharf an.

»Haben sie dir denn nichts darüber gesagt?«

»Nein, leider nicht.«

»Die sind eben nicht so blöd wie du«, erwiderte Hanna. »Ohne dich hätten sie wahrscheinlich nicht einen einzigen Fehler gemacht. Was für ein Glück also, dass du dabei warst.«

Henrik biss sich auf die Lippen und glotzte vor seinen gekreuzten Beinen ins Gras. Die ganze Geschichte war ihm inzwischen so peinlich, dass er das Positive daran kaum noch sehen konnte.

»Und wann wirst *du* richtig bestraft?«, fragte Leonie.

Henrik sah nur kurz auf.

»Weiß nicht. Bald ... Wahrscheinlich muss ich ein paar Tage im Gangersbacher Tierheim arbeiten.«

»Geschieht dir ganz recht.« Leonie grinste. Dann beugte sie sich vor und zupfte das Gänseküken am Schwanz. »Blaumütze, kleine Blaumütze, gib endlich den Zauberstein wieder frei.«

Das Küken quiekte und schlug erbost mit den Flügeln. Es watschelte ein paar Mal im Kreis herum und machte dann endlich den lang ersehnten grünen Fladen.

Florian kniete sich davor und beobachtete, wie er träge auseinander floss und in seiner Mitte einen kleinen merkwürdig geformten Hubbel bildete.

»Da ist er ja!«, schrie er.

»Na, dann wünsche ich viel Vergnügen beim Rauspulen«, meinte Leonie.

Und Hanna rief:

»Ha! Wenn der jetzt noch immer magische Kräfte hat, dann fresse ich aber meinen ganzen Karnickelstall.« Und bei sich dachte sie, wie schade es war, dass die Osterferien in drei Tagen schon wieder zu Ende waren.